As MAIS 5

Patrícia Barboza

As MAIS 5
Sorte no jogo, sorte no amor

1ª edição

Rio de Janeiro-RJ / Campinas-SP, 2015

VERUS
EDITORA

Editora: Raïssa Castro
Coordenadora Editorial: Ana Paula Gomes
Copidesque: Anna Carolina G. de Souza
Revisão: Renata Coppola Fichtler
Capa e Projeto Gráfico: André S. Tavares da Silva
Ilustrações: Isabela Donato Fernandes

ISBN: 978-85-7686-433-2

Copyright © Verus Editora, 2015

Direitos mundiais em língua portuguesa reservados por Verus Editora. Nenhuma parte desta obra pode ser reproduzida ou transmitida por qualquer forma e/ou quaisquer meios (eletrônico ou mecânico, incluindo fotocópia e gravação) ou arquivada em qualquer sistema ou banco de dados sem permissão escrita da editora.

Verus Editora Ltda.
Rua Benedicto Aristides Ribeiro, 41, Jd. Santa Genebra II, Campinas/SP, 13084-753
Fone/Fax: (19) 3249-0001 | www.veruseditora.com.br

CIP-BRASIL. CATALOGAÇÃO NA FONTE
SINDICATO NACIONAL DOS EDITORES DE LIVROS, RJ

B195m

Barboza, Patrícia, 1971-
   As mais 5 : sorte no jogo, sorte no amor / Patrícia Barboza ; ilustração Isabela Donato Fernandes. - 1. ed. - Campinas, SP : Verus, 2015.
   il. ; 23 cm

   ISBN 978-85-7686-433-2

   1. Ficção infantojuvenil brasileira. I. Fernandes, Isabela Donato. II. Título.

15-21416
CDD: 028.5
CDU: 087.5

Revisado conforme o novo acordo ortográfico

Impressão e acabamento: Yangraf

Carta aos leitores

Preciso começar com uma confissão: este foi o livro mais difícil que escrevi até hoje!

Vocês, leitores, foram meus maiores professores. Quando lancei o primeiro livro da série As MAIS, eu não tinha a mais remota ideia de que me tornaria autora de uma série. E aqui estamos nós, no quinto e último volume! Aprendi muito com vocês. Cada e-mail, recado, resenha, cartinha e feedback nas sessões de autógrafos foi fundamental para a construção da história das minhas meninas serelepes.

A Susana narra o último volume, e ela vai passar por grandes desafios. Segunda confissão: eu particularmente me realizei por meio da Susana, pois sempre fui *apaixonadinha* por cantores e vocalistas de bandas. Ela foi mais sortuda, conseguiu fisgar seu próprio popstar. Todos os dias, vejo garotas postando fotos dos cantores favoritos e até trocando o sobrenome pelo deles nas redes sociais. Inclusive os nomes dos supostos filhos do casal eu já vi circulando por aí. Acho muito engraçado. Eu também fazia isso quando era adolescente. É o que sempre digo em minhas palestras: a adolescência continua a mesma ao longo do tempo. O que muda é só a tecnologia e a trilha sonora.

Se você pudesse sair do sonho e partir para a realidade, sinceramente, teria estrutura emocional para lidar com tanto assédio? E se você também tivesse um sonho que requeresse dedicação integral, será que saberia lidar com todos os desafios? E se fosse obrigada a escolher apenas um? Ficaria com seu sonho ou com seu grande amor?

Existe aquele velho ditado: "Sorte no jogo, azar no amor", ou vice-versa. Será? Por que não dá para ter sorte nas duas situações?

Vida pessoal, profissional, amorosa... Temos várias vidas diferentes? Não. Nossa vida é única, nós é que complicamos tentando separar as coisas. Tudo na vida é equilíbrio. E justamente encontrar esse meio-termo é um dos maiores desafios do ser humano. Quem nunca se sentiu fragilizado e pensou que não ia dar conta? Eu confesso publicamente que sempre tenho essas crises existenciais. O maior resultado delas é fazer você repensar suas ações e seus valores. Não como punição, mas como aprendizado. Não é simples nem fácil, mas é possível.

Pra variar, resolvi aguçar os sentimentos e pensamentos mais profundos dos meus leitores, pois esses conflitos também fazem parte da minha vida, dos meus desafios diários. E eu não queria passar por tudo isso sozinha! #EscritoraMalvada

Foi difícil me despedir de Mari, Aninha, Ingrid e Susana. Ainda não sei se é um adeus definitivo. Talvez seja um "até logo", quem sabe? Espero que o amor que dediquei à escrita deste livro chegue até você. Obrigada por tanto carinho e por ter incluído *As MAIS* em sua lista de leituras preferidas.

Sumário

1. Meu namorado é popstar! 9
2. Novos tempos 16
3. Um tipo de amor chamado amizade 23
4. Prisma 32
5. Dando uma de conselheira amorosa 41
6. Revelações 49
7. Mais revelações 56
8. Tudo o que eu quero 65
9. Adolescendo Sitcom 75
10. Conselhos e pipocas amanteigadas 81
11. Sorvete de chocolate belga 89
12. Primeiras batalhas 96
13. Carinho retribuído 105
14. Gláucia 115
15. Uma visita mais do que inesperada! 123
16. Vivendo e aprendendo a jogar 132
17. O melhor pai do mundo 142
18. Nasce uma estrela 152
19. Pro dia nascer feliz 162
20. E no fim tudo é amor 169

1
Meu namorado é popstar!

Enfim sexta-feira. Uhuuu!

Eu adoro minha rotina. Amo estudar no CEM e treinar todos os dias na CSJ Teen. Mas eu estava merecendo um descanso, jogar conversa fora, rir de besteiras... E namorar! Ahhh. A melhor parte. O fim de semana estava prometendo.

Depois do treino, me reuni com a galera na casa do Caíque. Os garotos tinham inventado uma competição de videogame por lá. Além do Caíque, claro, o Igor, o Matheus e o Lucas estavam presentes. A gente tinha conhecido o Matheus no início do ano, em uma apresentação de teatro, logo que o Igor e a Aninha se conheceram. O Igor, querendo conquistar a loira, conseguiu ingressos para a peça e as MAIS compareceram em peso. O Matheus passou a frequentar o nosso grupo tem pouco tempo, e ele é muito engraçado e extrovertido, bem parecido com o Igor.

E a função das MAIS nesse tal campeonato era dar apoio moral para os namorados. Menos eu. O Edu estava em mais um ensaio. "Ensaio" é a palavra que ele mais tem usado nos últimos tempos. E, por causa da confusão e das fofocas inventadas pela Loreta Vargas, o empresário *recomendou* que eu não aparecesse na gravação do CD e muito menos nos ensaios. Recomendou... *Humpf!* Proibiu, na verdade. "Temos pouco tem-

po até o lançamento e nada que tire a concentração do Eduardo vai ser permitido", foi a justificativa que ele deu.

– Sabia que eu resolvi aprender a jogar com o Caíque? – a Ingrid logo me arrancou dos meus pensamentos. – Vocês precisam ver como ele fica feliz quando eu me esforço para entrar no mundinho dele. Eu erro metade das coisas, mas tudo bem. Acabo me divertindo mesmo assim.

– Eu só gosto dos jogos com bichos e princesas. – A Mari estava olhando para a tela com uma expressão confusa, tentando entender que monstro esquisito era aquele que eles tentavam combater. – Mas, se a gente quiser que eles acompanhem a gente nos nossos programas favoritos, temos que ceder um pouquinho, né?

– E a gente aproveita pra fofocar um pouco mais! – A Aninha riu da cara que a Mari estava fazendo. – Pena que o Edu não tá conseguindo aparecer, Susana. A vida dele tá bem agitada. E a sua não fica atrás, não.

Durante os dois meses em que o Eduardo ficou confinado no reality show *Internet Pop Music*, que apelidamos de IPM, minha vida virou de cabeça para baixo. Além de ter que suportar ficar longe dele, acompanhando pela internet como qualquer fã do programa, os treinos da CSJ Teen para o campeonato carioca se tornaram ainda mais intensos.

– Nunca, nunca mesmo, pensei que minha vida ficaria tão frenética – desabafei. – Tudo acabou ficando muito mais agitado do que eu podia imaginar. Pensar que vamos ficar juntos o fim de semana todo já me consola. Tô animada.

– Olha, é preciso ter muita paciência para ver centenas de comentários apaixonados, jurando amor eterno, para o seu namorado na internet! – a Mari, a mais ciumenta de nós, falou em um tom quase de revolta.

– E ainda por cima a gorducha da Loreta Vargas, aquela fofoqueira disfarçada de jornalista, fez toda aquela insinuação de que o Edu e a cabeluda oferecida da Brenda Telles poderiam estar apaixonados – completei.

– Ah, a Fada da Troca de Personalidades! – a Mari soltou uma gargalhada, provocando caretas de desagrado nos garotos, pois ela acabara de tirar a concentração deles. – Ei, dona varapau! – ela me provocou.

– Gorducha, fofoqueira, cabeluda e oferecida são palavras que eu também usaria para dar um ar dramático a toda a confusão que rolou.

– Soltar o tradicional "Não se irrita, Maria Rita" é bem engraçado – a Ingrid riu. – Mas um "Calma, Susana!" também não fica atrás. Uma garota desse tamanho invocada é de dar medo.

– Até parece... – A Aninha fez um carinho no meu cabelo. – Ela só tem cara de brava, não faz mal nem para uma mosquinha.

– Ah, mas se eu fosse a Brenda Telles não apareceria na frente da Susana, não! – a Mari debochou. – Pois, se fosse comigo, eu daria um novo corte de cabelo nela rapidinho.

– Que absurdo, Mari! – a Ingrid deu aquele peteleco de leve no braço de quando quer chamar nossa atenção. – A gente não combinou no começo do ano que ia tentar não dar trela para o bichinho do ciúme?

A Mari respondeu com uma careta que fez todo mundo rir.

– Grande apoio moral vocês estão dando pra gente – o Lucas reclamou. – Só ficam aí falando. Nem viram que eu venci esses caras de lavada.

– Você venceu, coisa linda? – A Mari levantou do sofá e foi dar o "beijinho da vitória" no Lucas.

– Não fica cantando de galo, não! – o Matheus debochou. – Duvido que você ganhe a próxima. E, vocês dois – ele apontou para os outros –, se preparem para chorar feito menininhas.

Enquanto observava as provocações dos garotos, puxei na memória o pacto contra o ciúme que a gente tinha feito. Tudo bem, confesso, tive uma recaída braba. Meu namorado é lindo, fofo, canta e toca violão. É, eu sei, eu sei, um fetiche ambulante. Pareço meio metida falando assim, mas é a mais pura verdade. Sou apaixonada por um garoto sensacional e tenho a felicidade de ser correspondida. Por causa disso, sou bombardeada de insultos, xingamentos e raios de inveja disparados dos olhos das fãs. É preciso muita força e coragem para enfrentar tudo isso. Ainda bem que as meninas me entendem e me apoiam sempre que tenho uma recaída.

A mãe do Caíque serviu pipoca e guaraná para a gente. Aproveitamos o pequeno intervalo para nos concentrar em cumprir a promessa, ou

seja, torcer pelos garotos, mesmo que não estivéssemos entendendo nada daquele jogo. Resultado do campeonato: o Lucas venceu. Eles ficaram de marcar outro, pois o Matheus não se conformou com a derrota. E o Caíque ficou ainda mais inconformado, já que perdeu "em casa".

No sábado acordei cedo. Queria namorar bastante meu popstar. Um fim de semana livre, até que enfim.

Sempre gostei de me cuidar e estar por dentro das novidades de beleza. E a grande vantagem de ser atleta em um time patrocinado por uma marca de cosméticos é contar com a linha praticamente completa dos produtos em casa. Todos os meses, nós recebemos um kit com produtos variados: creme para cabelo, xampu, condicionador, além de hidratantes para o corpo e o rosto. Agora acabaram de lançar uma linha de maquiagem com cores lindas! E, claro, usei tudo isso para ficar bem bonita.

A gente tinha combinado de ficar na casa do Edu. Ele não consegue mais sair como antigamente. Pelo menos todas as tentativas das últimas semanas foram frustradas. Ele é assediado até para ir à padaria da esquina, impressionante!

Enquanto eu vestia uma blusinha e bermuda bem confortáveis e terminava de arrumar as coisas que levaria para a casa dele, fiquei pensando em tudo o que aconteceu desde a saída do Edu do *IPM* e em como nosso namoro ficou com essa confusão toda.

Quando ele venceu o programa e assinou contrato com a gravadora Global Sound Records, o Carlos Magno ficou responsável por cuidar da carreira do Edu. Ele tem muita experiência em produção musical e em novos talentos. Porém, como o Edu é menor de idade, tudo precisa ser autorizado pelos pais. A vida dele então passou a ser controlada pelo empresário chatinho (tô implicante, eu sei) e pela dona Regina. *Ops!* Pela Regina. Ela não gosta do "dona" e muito menos que a chamem de tia. "Eu me sinto uma velha coroca!", ela reclama.

Voltar para o CEM ficou praticamente impossível por causa da confusão de fãs que se amontoavam na portaria. Então a Regina acertou com a direção do colégio um programa especial de acompanhamento escolar. Ele ainda estaria oficialmente matriculado no CEM, mas seria

orientado por professores particulares. Além das velhas e boas lições de matemática, português e geografia, ele tem aulas de canto, postura e violão. E ainda tem as consultas com o dentista, para ficar com o sorriso branco perfeito, além de dermatologista, nutricionista, fonoaudiólogo e um exército de profissionais empenhados em torná-lo o maior astro juvenil de todos os tempos. Fora a gravação do CD, os ensaios para o show de lançamento e a sessão de fotos para a capa e o material de divulgação. Dá pra entender meu "drama", né? Namorar que é bom, só em momentos raros.

– Meu amor, que bom que você chegou! Estava morrendo de saudades. – Ele me abraçou forte e me encheu de beijos, digamos, cinematográficos.

Cheguei a ficar sem fôlego. Uauuu! Minhas pernas ficaram bambas. Dei uma olhada ao redor e, felizmente, estávamos sozinhos na sala.

– Mas a gente se viu na quarta, Edu – ri do jeito dele, mas com o coração disparado por ter sido recebida com tanto carinho. – Tá carente, é? – brinquei. – Cadê seus pais? Eles te largaram aqui sozinho?

– Tô carente, sim! – ele fez uma careta engraçada e me puxou pela mão até o sofá, para sentarmos bem abraçadinhos. – Meus pais foram ao supermercado, vão chegar logo. Eu me acostumei a ficar rodeado por um monte de gente. Quando finalmente fico sozinho, parece que tudo fica estranho, fora do lugar.

– Eu entendo – concordei. – Passo tantas horas no treino que, quando chego em casa e não ouço mais o barulho das bolas sendo cortadas ou arremessadas, ou o apito estridente do treinador, acho esquisito.

– Lembra da primeira semana depois do IPM? – ele revirou os olhos de um jeito engraçado. – Não pensei que ia sobreviver. Meu corpo todo doía com a nova rotina. Depois acabei acostumando. Só não me acostumei a evitar lugares públicos. Tenho saudades de quando a gente podia ir ao shopping juntos, ou só dar uma volta no calçadão. Até do CEM eu tô sentindo falta. Mas tudo bem. É por uma boa causa. É uma estratégia de marketing eu me preservar para o lançamento do CD, para causar o tal impacto que eles pretendem. Mesmo assim, tô muito feliz. Ainda

que sinta muita falta da minha namorada. – Ele me encheu de beijos de novo (não tô reclamando, que fique bem claro). – Mas agora chega de falar de mim. Quero saber de você. Como estão as coisas no time?

– Tô treinando bastante – suspirei fundo, me lembrando do treino pesado do dia anterior, que me obrigou a tomar um analgésico para conseguir dormir de tanta dor nas pernas e nos ombros. – Por causa do campeonato carioca da Liga Feminina Juvenil. No semestre passado, disputamos o estadual, lembra? Jogamos contra times de outras cidades. Agora são só times do município. Como diz o treinador: "Menos times, maior a responsabilidade de superação".

– Vocês vão se dar bem – ele me encorajou. – O problema nisso tudo é que uma hora a nossa agenda não vai bater. Com o lançamento do CD, vou ter que viajar nos fins de semana. Queria muito que você estivesse comigo nos shows. E eu queria também ver seus jogos, torcer da arquibancada.

– No show de estreia eu com certeza vou estar lá. Dia 27 de setembro vai ser o grande dia! Só não sei sobre os outros. Mas não vamos nos preocupar com isso agora, né? Precisamos mudar o foco. Nada de música ou vôlei nas próximas horas. Vamos aproveitar para colocar as séries em dia? Que tal *Supernatural*? Eu te esperei para assistirmos juntos. Ver as aventuras dos irmãos Winchester sem você não tem graça.

– Vamos. – Ele pegou o box de DVDs para ver em que ponto havíamos parado. – As cenas do Dean tirando sarro da cara do Sam são as minhas preferidas. Ele é muito debochado.

– Ah, tadinho do Sam, eu gosto dele – defendi.

– Prefiro o Castiel! – o Rubens entrou de repente na sala, com os pais do Edu.

– Que saudades do meu ex-treinador! – Eu me levantei e o abracei bem forte. – Com esse negócio de prédios separados no ensino médio, nunca mais consegui te ver no CEM. Meu ex-treinador e ex-professor de educação física favorito.

– Mas que mentirosa. Você não tem vergonha? Me trocou, sem o menor pudor, pelo Augusto Tavares da CSJ Teen – brincou ele, se fingindo de ofendido.

– Oi, tio! – Então foi a vez de o Edu abraçá-lo. – Que bom que apareceu. Já que você também curte, quer ver *Supernatural* com a gente?

– E eu tenho cara de castiçal? Vou ficar segurando vela para os dois pombinhos?

– Que bobo! – tive que rir.

– Vim só pegar umas coisas com a sua mãe e já estou indo. Divirtam-se, crianças!

E assim foi nosso fim de semana. Juntinhos, namorando e assistindo a seriados. Nem me lembrei de acessar a internet, o que é um grande acontecimento. Até a bateria do celular eu esqueci de carregar. Afinal, eu precisava matar as saudades do meu namorado.

Mal sabia eu que seria uma leve calmaria antes do furacão que estava para acontecer...

2
Novos tempos

Na segunda-feira, quando passei pelo portão do CEM, encontrei as MAIS com umas caras muito engraçadas. E a Mari, claro, foi a primeira a soltar a piada.

– Namorou o fim de semana todo e nem acessou a internet. Um fato inédito, diga-se de passagem. Quase o Apocalipse Zumbi! A Susana só anda pensando numa coisa: Eduardo, Eduardo, Eduaaaardo!

– Hahahaha! – a Aninha riu. – Para de implicar com a garota, Mari. Ela tem todo o direito de sumir um pouquinho pra namorar. Principalmente dessas garotas histéricas que ficam rodeando o Edu o tempo todo.

– Eu sumi de propósito, me perdoem – suspirei, lembrando do fim de semana perfeito.

– Ah, o amor... – a Ingrid fez a sua cara romântica. – A Susana com carinha de apaixonada não é a coisa mais fofa?

Seguimos para a sala de aula, e, quando peguei o celular para colocar no modo silencioso, tinha uma mensagem do Edu.

> Boa aula, amor! O dia tá bem corrido hj. Talvez só consiga falar de novo mais tarde. Vou ficar pensando em você. Pensa em mim, tá? Bjo

Novos tempos

Own! Como se precisasse pedir. Ai, ai, meu coração.

Mas meu dia foi movimentado. E infelizmente tive que esquecer rapidinho as cenas românticas do fim de semana e prestar atenção nas aulas. Estar em dia com as matérias é fundamental para que eu possa treinar tranquila, pois assim tenho mais tempo livre. Quando vou revisar as matérias ou fazer os deveres, gasto menos tempo estudando. Além disso, a CSJ Teen é muito exigente com isso. Namorar é bom, mas ter notas acima da média no boletim todo também. Foco, Susana. Foco!

Cheguei em casa no início da noite, esgotada! O cansaço era mais mental. Mas tinha valido a pena. Eu finalmente consegui me entender com o tal teorema de Tales. Minha eterna "briga" com a matemática. A mochila parecia estar pesando uma tonelada. E, para meu total espanto, assim que pus os pés na sala, encontrei meu pai conversando com a minha mãe no sofá.

– Pai, que surpresa! – Esqueci por completo o cansaço. Larguei a mochila e corri para abraçá-lo. – Que saudade! Que bom que você tá de folga. Nem avisou.

– Oi, filha. Tirei dez dias de férias para poder resolver umas coisas. – Ele me soltou delicadamente e senti que seu tom de voz estava bem estranho. Dei uma olhada ao redor da sala e avistei uma mala grande, diferente da que ele normalmente usa. Em cima dela, sua inseparável mochila da Good Flight, companhia aérea da qual ele é piloto.

– O que tá acontecendo? – Tive um pressentimento muito ruim. – Que mala grande é essa?

– Vou explicar tudo, filha – ele forçou um sorriso, como se quisesse me tranquilizar. – A gente precisa conversar. Você não tá com fome, não quer jantar primeiro? Você ficou o dia todo no colégio e...

– Não. Me fala logo o que tá acontecendo, por favor? – pedi.

Eu me sentei no sofá, aflita com aquele suspense todo. Minha mãe estava bem séria. Mas até aí, nada de anormal, é o estado natural dela. Ele respirou fundo e forçou novamente um sorriso, para enfim dizer o que estava acontecendo.

– Bom, filha... – Ele parecia escolher cuidadosamente as palavras, o que me deixava ainda mais agoniada. – A sua mãe e eu conversamos.

Aliás, estamos conversando sobre isso já tem algum tempo. Eu pedi férias na Good Flight para resolvermos essa situação de uma vez. – Minha mãe apenas concordava com a cabeça. – Nós tomamos uma decisão muito importante, que afeta todos nós. Sua mãe e eu vamos nos separar.

Fiquei em choque. Senti como se meu coração tivesse parado de bater por alguns segundos. Tudo bem, eu sei que o casamento dos meus pais não andava lá uma maravilha. Sei que eles têm suas diferenças de temperamento, mas, como meu pai viaja muito a trabalho, pensei que eles conseguiriam se relacionar melhor, que tivessem menos brigas assim. Pelo visto eu estava enganada. Sempre desconfiei que isso pudesse acontecer um dia, mas ouvir com todas as letras foi como levar um soco no estômago.

A sala da minha casa é grande e confortável. Mas, naquele instante, senti como se as paredes estivessem se movendo. Eu estava me sentindo sufocada, meio sem ar. Eu olhava para os móveis e para a cortina como se as visse pela primeira vez.

– Já conversamos com seu irmão antes de ele sair – minha mãe finalmente resolveu falar. Ela continuava séria, mas seu tom soou calmo, em um esforço tremendo para fazer daquele momento o menos traumático possível para mim. – Acho que você já tem maturidade para entender nossa decisão.

– Eu tô triste... – Não consegui segurar as lágrimas e senti a voz falhar. – Mas eu meio que já esperava. E sinto muito que esse dia tenha chegado.

Os dois se entreolharam com tristeza e não conseguiram disfarçar o espanto com a minha revelação. Minha mãe tentou falar alguma coisa, mas eu continuei o desabafo:

– Lembram das minhas sessões de terapia no começo do ano? Eu não falava só da pressão de ter entrado no time da CSJ Teen ou do assédio das fãs do Edu. Eu também falei da relação de vocês. Eu já tinha percebido que as coisas não iam bem. Tenho amigas do colégio com pais divorciados, e comecei a perceber coisas aqui em casa parecidas com o que elas contam. Conversei bastante sobre isso na terapia.

Novos tempos

– E sofreu calada esse tempo todo? – Minha mãe tentava conter as lágrimas, mas estava bastante tocada com o que eu acabara de dizer. – Sinto muito que você tenha passado por isso. Nunca foi nossa intenção. Estamos nos preparando há meses e...

– Não se sinta culpada. – Eu segurei a mão dela. – E, por falar em culpa, se a terapeuta me ajudou em algo, foi entender que os filhos não são culpados pelo fim do casamento dos pais. Ninguém é culpado nessa história. Eu tô triste. Mas não se sintam culpados nem se preocupem, não vou fazer nenhuma besteira. Como você mesma falou, mãe, já tenho maturidade pra isso.

– Fico muito aliviado, filha. – Meu pai suspirou fundo e seus olhos ficaram marejados. – É importante você saber que não brigamos nem nada disso. – Meu pai fez um carinho no meu braço. – Vai ser melhor assim. Durante esses dias de férias, vamos dar entrada no divórcio. Eu também preciso mobiliar meu novo apartamento.

"Mobiliar meu novo apartamento." Nossa! Agora eu senti ainda mais a notícia. Eu, que já vejo tão pouco meu pai, ainda moraria longe dele?

– Eu não vou morar longe – ele disse, como se tivesse lido meus pensamentos. – Aluguei um apartamento no prédio da sua avó. Não estamos brigados, tanto que foi a sua mãe quem viu o apartamento vago na última vez em que visitou a dona Lourdes. Vou morar dois andares abaixo do dela.

– Ah, que bom! – Pulei no pescoço dele, aliviada. – Pensei que ia ser difícil de ver você a partir de agora. – Meu coração estava muito apertado e chorei ainda mais.

– Susana, tem outra coisa que precisamos discutir. – Minha mãe estava claramente comovida e falou de forma bem doce. – Existem algumas questões judiciais que precisam ser resolvidas quando um casal se separa. Você ainda é menor de idade e a gente até poderia perguntar com quem você gostaria de morar, é direito seu escolher. Mas, como o Amauri está sempre viajando, você acabaria ficando muito sozinha, mesmo com sua avó morando no mesmo prédio. Como o apartamento tem dois quartos, seu pai vai arrumar o quarto que não for usar para

você ficar nos fins de semana ou nas folgas dele. Não vai acontecer nenhuma discussão aqui por causa das visitas dos filhos. Conversamos com seu irmão e ele entendeu que por enquanto não seria necessário um quarto para ele lá. Vai ser um período de adaptação para todos nós, mas qualquer problema deve ser resolvido com muita conversa.

Ai, meu Deus. Meus pais estavam mesmo se divorciando! Não era mais uma hipótese, era a mais pura realidade. Eu estava arrasada, mas bem surpresa com a calmaria das coisas. Como minha mãe tem o temperamento mais forte, eu temia que as coisas ficassem difíceis quando isso acontecesse. E foi por isso que eu também conversei sobre o assunto com a terapeuta. Eu me lembro de uma garota da nossa turma que passou pelo divórcio dos pais. Ela chorava todos os dias por causa das discussões em casa até para dividir os objetos do apartamento. Que bom que pelo menos isso não ia acontecer no caso dos meus pais.

Eu já nem tinha mais o que chorar. Então abracei os dois e fiz um carinho no rosto de cada um. Não consegui falar mais nada. Eles entenderam meu gesto, que eu queria dizer que ia me sair bem nessa.

Deixei os dois sozinhos na sala, eles ainda tinham coisas para resolver. Fui para o quarto e deitei um pouco para tentar relaxar antes do jantar. Meu estômago estava embrulhado, eu não ia conseguir comer nada, mesmo estando com um pouco de fome. Tentei falar com o Edu, mas não consegui. Entrei rapidinho no chat do celular com as MAIS e, assim como eu, elas ficaram bem tristes com a separação.

Eu queria que meu pai ficasse mais um tempo em casa para eu me acostumar com a ideia, sabe? Mas fiquei com vergonha de pedir. Eu não podia fazer isso com eles, apesar de querer trancar aquela mala no quartinho dos fundos e jogar a chave fora.

Liguei para minha avó e, como sempre, ela foi a pessoa mais fofa do mundo. Ela me tranquilizou, dizendo que tudo acabaria bem. Disse ainda que adorava meu pai e que ia ajudá-lo no que fosse preciso.

– Pense pelo lado positivo. Agora você tem três casas! As dos seus pais e a minha, que sempre foi sua. Se precisar conversar, venha até aqui que faço aquele bolinho de laranja. Tudo se cura com meu bolo de laranja.

Novos tempos

Minha avó não existe. Ela parece ter saído de um conto de fadas. Tão doce, tão amiga...

Foi bem triste quando meu pai finalmente foi embora. Ele ficaria hospedado por um tempo em um hotel em Copacabana que tem convênio

com a companhia aérea em que ele trabalha. Os móveis estavam previstos para chegar ao apartamento em dois dias. Fiquei chocada quando ele disse que tinha comprado tudo pela internet duas semanas antes. Duas semanas! Isso só confirmava o que minha mãe tinha dito, sobre eles estarem conversando a esse respeito há muito tempo. Eu compro muitas coisas pela internet: livros, o box da última temporada de *Once Upon a Time* e ingressos de cinema. Eu declaradamente gosto de usar a internet. Mas meu pai ter escolhido os móveis da sua nova casa assim, como se estivesse comprando uma coisa qualquer, foi muito até pra mim.

Eu o abracei bem forte quando ele estava de saída, mas segurei o máximo que pude para não chorar. Quando fechei a porta da sala, pensei que fosse desmoronar. Minha mãe estava sentada à cabeceira da mesa, analisando uns papéis e se fingindo de durona. Sei que ela também estava muito abalada com tudo. Terminar um casamento não é o mesmo que cancelar uma assinatura de TV a cabo.

Parei diante dela e ela só ergueu o olhar, dando um leve sorriso forçado. Por que ela é desse jeito? Sempre querendo parecer durona? Tive vontade de abraçá-la, de dizer que ela podia contar comigo para desabafar se quisesse. Mas não consegui dizer nada. Pensei em esperar meu irmão, mas ele ainda ia demorar para voltar da faculdade. Dei boa-noite e, na escuridão do meu quarto, apenas com a luz do celular, tentei mais uma vez falar com o Edu. Só caixa postal. Eu queria ouvir a voz dele e contar tudo o que tinha acontecido, mas ele devia estar muito ocupado. Então mandei uma mensagem.

Em seguida, programei o despertador do celular e o coloquei na cabeceira. *Vai dar tudo certo, Susana*. Repeti a frase muitas e muitas vezes. Até que, hipnotizada por meus próprios pensamentos, adormeci.

3
Um tipo de amor chamado amizade

No dia seguinte, durante o café da manhã, preferi não tocar no assunto do divórcio. Minha mãe estava linda, elegante e maquiada, para mais uma jornada de trabalho. Nem parecia que no dia anterior ela havia anunciado sua separação. E meu irmão devorava sua tigela de cereal como se fosse uma manhã feito outra qualquer.

Quando eu cheguei ao CEM, as MAIS me abraçaram e prometeram ficar ao meu lado no que eu precisasse. O Lucas e o Caíque também foram bem fofos, até me deram chocolate na hora do intervalo.

– "O chocolate ajuda na produção de serotonina, promovendo a sensação de bem-estar" – o Lucas leu a explicação no celular, de um jeito muito engraçado. Só o carinho da lembrança já tinha me feito bem, mas chocolate é sempre chocolate, né? Sempre muito bem-vindo.

Depois da aula, segui para o treino da CSJ Teen. Tive que me esforçar muito para aguentar. Logo eu, que amo jogar, estava no mais completo desânimo. Com os exercícios, fui me sentindo melhor, apesar de ter plena consciência de que estava ali só de corpo presente, minha mente estava em outro lugar. Quando o treino terminou e fomos para o vestiário, tinha uma mensagem do Edu.

> Amor, nossa, eu sinto muito por tudo. Cheguei em casa às 3 da manhã, sem bateria no celular. Queria estar com vc nesse momento difícil. Juro que vou te recompensar. Tô voltando pro estúdio. Fica bem. Te amo, não esquece. Bjo

Tomei um banho e, quando acabei de me arrumar, a Alê, a Camila e a Mariane vieram falar comigo. A gente se deu bem desde que entrei no time. Sempre um grupinho de quatro amigas, né? Será que tem alguma explicação cósmica para isso se repetir?

– Susana, temos um assunto meio chato pra conversar com você. – A Camila parecia preocupada. – Ouvimos a Samara falando umas coisas de você.

– O que ela estava falando de mim? – Senti o estômago revirar. A Samara insistia em ser desagradável. Sempre pegava no pé de alguém e, pelo visto, eu era a vítima da vez.

– Inveja pura daquela garota! – Foi a vez da Alê de fazer cara de contrariada. – Ela falou que ela é quem devia ter sido escolhida para o comercial da CSJ Teen. E ainda teve a cara de pau de insinuar que, se tinha alguém no time com um corpão digno de comercial de TV, era ela. E ficou fazendo pose enquanto falava o slogan do comercial: "CSJ Teen Speed Run. Para toda garota que corre atrás do que quer".

– Eu tive que me segurar para não xingar a Samara! – foi a vez da Mariane. – Estou cansada do jeito dela. Será que o treinador não percebe que ela adora fazer intrigas?

– Todo mundo sabe que ela se acha, até o treinador. Pensa que ele é bobo? – a Camila fez cara de poucos amigos. – Ela joga muito bem e tem uma das melhores cortadas do time. Deve ser por isso que o técnico ainda atura essa garota. Ela é metida, mas joga bem.

– Não quero mais problemas. Vou fingir que não sei de nada. Obrigada por me alertarem. Parece que o mundo resolveu desabar de uma vez. Eu já estava tendo que lidar com a saudade do Edu, e ontem meus pais me contaram que vão se separar.

— Nossa. Que pena, Susana. — A Camila me abraçou e fez carinho no meu cabelo. — A gente queria muito que o time todo fosse unido, mas infelizmente não é. A briga de egos por aqui é enorme, e isso só desmotiva as garotas.

— Sobre o Eduardo... — foi a vez da Alê. — Não fique chateada. A gente entende que namorar um cara famoso não deve ser nada fácil. Você anda distraída, errando cortes, saques, passagens de bola... Às vezes fica com cara de paisagem, olhando para o infinito, totalmente alheia.

— Estar apaixonada é bom demais! — a Mariane suspirou, como se pensasse em alguém especial. — Suspire pelo seu gato e, quando estiver com ele, namore muito e mate metade da humanidade de inveja. Mas não perca o foco na quadra. Você não ia se perdoar nunca!

— Obrigada, meninas! — Eu dei um abraço coletivo nelas. — Vocês são amigas de verdade. Valeu pelos conselhos. Vocês estão certas. Vou tentar me concentrar mais aqui.

Saí da CSJ Teen arrasada, com vontade de sumir e esquecer até meu nome. Quando passou um ônibus para o Leme, entrei sem nem pensar. Não tinha trânsito e, uns vinte minutos depois, eu estava sentada sob a sombra de um quiosque, bem pertinho do caminho dos pescadores, observando o vaivém das ondas.

— Nossa. Não acredito. Que coincidência! — Uma voz familiar me fez virar para trás. Era o Léo, irmão da Ingrid.

— Oi! — minha voz saiu num fiapo com o susto. — O que faz por aqui? Seu estágio não é lá perto da ONG da Ingrid?

— Vim atender um paciente para um fisioterapeuta da clínica. Um senhor bem idoso com dificuldade de locomoção. Eu estava indo pegar o carro para ir embora quando te vi. O que você tá fazendo aqui sozinha e longe de casa? Você não parece muito bem.

Ele falou comigo de um jeito tão fofo. A Ingrid havia descoberto recentemente que tinha um irmão, o Léo, por parte de pai. Ele é uma ótima pessoa, alto-astral, sempre com um sorriso no rosto. E pareceu tão preocupado que nem se importou de sentar em uma cadeira cheia de areia com a roupa impecavelmente branca. Seu rosto era tão acolhedor que me senti completamente à vontade para desabafar. Falei da agen-

da intensa do Edu, da dificuldade de falar com ele, da separação dos meus pais e da Samara. Além do que as meninas do time tinham me dito, sobre me dedicar mais aos treinos.

O Léo me ouviu pacientemente. Quando eu acabei de falar feito uma matraca, por pelo menos dez minutos seguidos, ele me surpreendeu:

– Dar conselhos é a coisa mais fácil do mundo, porque não estamos de verdade no lugar da pessoa. Você mesma vai ter que encontrar as soluções. Eu tenho um lugar pra onde fujo quando quero pensar um pouco – ele sorriu, fazendo uma cara suspeita. – Mas acho que posso te emprestar meu esconderijo.

– E o que você faz lá, nesse seu esconderijo? – perguntei.

– É um lugar público, na verdade. É lá que eu gosto de pensar e encontrar respostas, e você tá precisando de algumas. Posso te levar lá?

Só por ter desabafado, eu já estava me sentindo bem melhor. Uma sensação de alegria tomou conta de mim. Era como se uma nuvem de energia ruim tivesse saído do meu corpo. Será que ele era parecido com a Ingrid nessas coisas? Gente que só de estar perto já nos deixa bem, mais leves?

– Mas onde fica esse lugar tão poderoso? – Eu estava curiosa.

– Surpresa. – Seus olhos brilhavam como se ele fosse fazer uma grande travessura. – Confia em mim? Ou você não pode pegar carona com estranhos? Não demora nada até lá.

– Você não é estranho, né, Léo? – eu tive que rir. – Você é o irmão mais velho de uma das minhas melhores amigas. Tenho boas referências suas.

– Boas referências? Isso é bom – ele soltou um risinho abafado. – Mesmo assim, acho melhor você ligar pra sua mãe e avisar que vai se atrasar um pouco para o jantar. Posso falar com ela?

Achei meio exagerado da parte dele, mas fiz o que ele pediu. Quando minha mãe atendeu, passei o celular para ele.

– O nome dela é Valéria – cochichei.

– Oi, dona Valéria, tudo bem? É o Leonardo, irmão da Ingrid... Ah... Já ouviu falar de mim? – Ele fez uma cara engraçada. – Pedi para a Su-

sana ligar para avisar que eu vou levá-la para casa. Ela vai se atrasar só um pouquinho. Ãhã. Ãhã. Ãhã. Então tá ótimo. Pode deixar. Um abraço.

Quando peguei o celular, ela já tinha desligado. Comecei a rir. Eu me senti uma criancinha de 5 anos.

– Partiu esconderijo? – Ele se levantou todo animado.

O Léo estendeu a mão para me ajudar a ficar de pé, e, quando ele me puxou, a gente acabou trombando. Que ele malhava eu já sabia, mas, com essa trombada... Uau. Deu pra notar bem. O perfume dele era muito bom e fiquei meio zonza com a proximidade.

Susana, planeta Terra chamando! O que foi que acabou de acontecer aqui? De repente bateu um medo inexplicável, uma vontade de desistir. Mas o sorriso que ele abriu conforme apontava para onde estava seu carro me fez mudar de ideia. Seguimos até lá e, todo cavalheiro, ele abriu a porta do passageiro para mim. Quando ele entrou, ligou o som e falou todo sério, para rir logo em seguida:

– Nosso trajeto é bem curto. Ainda assim, por favor, senhorita, coloque o cinto de segurança.

– Posso saber ao menos o bairro? – falei, cruzando os braços e me fingindo de contrariada com tanto segredo. Mas na verdade eu estava gostando da brincadeira.

– No finalzinho de Copacabana. Aqui do lado – ele respondeu, enquanto mudava de música.

– Ahhh, volta, por favor! – pedi. – Eu adoro aquela música.

– Hum... Você curte Maroon 5?

– Eu gosto bastante. Sempre vejo os vídeos na internet.

– Já sei. – Ele estreitou os olhos e fez um bico torto, se fazendo de muito indignado. – Só por causa do vocalista, o tal Adam Levine. Ah, garotas...

– Não vou negar que ele é lindo. Mas eu gosto mesmo é dessa música, "She Will Be Loved". É a trilha de uma cena daquele filme *A última música*. Você assistiu?

– Assisti – ele fez uma careta. – Não me leve a mal. Não é que o filme seja ruim nem nada. Mas por que as mulheres gostam de ver filmes que

fazem chorar? Vocês pagam pra chorar. Eu assisti *obrigado* pela Ingrid – ele riu e, em seguida, estalou os dedos, sinalizando que tinha se lembrado do que eu estava falando. – É verdade, a Miley Cyrus canta no carro com um cara loiro, eu acho.

– Isso mesmo, o Liam Hemsworth.

– Não sei nem repetir o sobrenome do cara – ele gargalhou. – Vou acreditar em você. Então, já que você gosta tanto da música, eu te desafio a cantar, como na cena do filme.

– Eu?! Cantar? Tá maluco? – Meu coração disparou só de pensar na vergonha. – Você vai rir de mim.

– Mas é claro que vou! – Ele pôs a música no início novamente e aumentou o volume. – Bora, Susana!

Achei aquilo bizarro. Mesmo assim, respirei fundo e aceitei o desafio. E, ciente de que eu ia desafinar muito, fechei os olhos para tomar coragem.

Beauty queen of only eighteen
She had some trouble with herself
He was always there to help her
She always belonged to someone else

Eu cantava e sentia meu rosto todo queimar. Abri os olhos lentamente e vi o Léo atento ao trânsito enquanto balançava a cabeça no ritmo da música. O semáforo fechou e dois carros emparelharam com o nosso. E ele aumentou ainda mais o volume, chamando a atenção dos outros dois motoristas. Em um dos carros, uma garotinha que devia ter uns 8 anos estava agarrada a uma boneca no banco de trás. Ela grudou o rostinho no vidro para me observar melhor. Até que ele resolveu me acompanhar na cantoria totalmente desafinada.

I don't mind spending everyday
Out on your corner in the pouring rain
Look for the girl with the broken smile
Ask her if she wants to stay a while
And she will be loved
And she will be loved

O semáforo abriu e a garotinha deu tchau. A gente começou a rir loucamente.

– Caramba, que mico! – Enxuguei as lágrimas provocadas pelo excesso de riso e respirei fundo para recuperar o fôlego. – E aí? Como eu me saí?

– Olha, Susana... – Ele me encarou com a expressão séria. – Acho melhor você continuar no vôlei. Pro seu próprio bem e para o bem auditivo da humanidade. – Eu fiz cara de brava e ele riu. – Mas, falando sério, nós dois desafinamos feio. Vamos? – ele apontou para fora do carro; o Léo já havia estacionado e eu nem tinha me dado conta.

– Seu esconderijo é o Forte de Copacabana? – estranhei.

– Ãhã... em parte. Ele está lá dentro.

Eu já tinha ido ao forte algumas vezes, especialmente para tomar o famoso café colonial no fim da tarde em uma confeitaria maravilhosa que funciona lá dentro. O Léo seguiu em direção à cúpula dos canhões, que fica mais ao fundo, e subimos juntos várias escadas.

Ventava forte e precisei prender os cabelos com elástico. Ele parou diante da cúpula e me fez sentar no chão com ele. Estávamos de costas para a praia de Copacabana. A vista dava para o grande mar aberto e, do lado direito, podíamos ver parte do Arpoador. Muitas gaivotas davam rasantes e vários turistas tiravam fotos.

– Sempre venho ao Forte de Copacabana e sento bem aqui onde a gente está, Susana. Agora vamos fechar os olhos. Não tenha medo. Tente ouvir as coisas ao redor. Mantenha os olhos fechados e preste atenção nos sons.

Sentir o Léo ali do meu lado me deu segurança. Tentei fazer exatamente como ele falou. Eu sabia qual era a cor do céu naquele instante, sabia alguns detalhes da construção, a quantidade de pessoas ao redor. Mas, com os olhos fechados, aos poucos fui entendendo o que ele estava propondo. O barulho do vento nos cabelos e nos ouvidos fazia uma espécie de zumbido. Ouvi mais nitidamente o canto das gaivotas e as ondas do mar batendo nas pedras. Era fim de tarde, o sol não estava muito quente, mas eu sentia um calorzinho no rosto. Uma sensação de paz começou a me invadir. Não sei quantos minutos ficamos assim, apenas sentindo tudo ao redor. Até que ele pediu, com a voz quase que num sussurro, que eu abrisse os olhos devagar. Aos poucos, fui revendo o que estava a minha volta. E tudo passou a ter uma dimensão ainda maior. A cor do mar havia se tornado ainda mais bonita que antes. No horizonte, a mistura de cores fez meu coração bater forte. O visual era deslumbrante.

– Esse aqui é só um pequeno pedaço do mundo, Susana – ele sorriu para mim e voltou os olhos para o mar. – Quando estamos mergulhados

na confusão, parece que tudo toma uma dimensão gigantesca, que não vamos conseguir superar, sair daquilo. Sempre que venho aqui sinto como se o problema tivesse ficado infinitamente menor. Sinto que tenho força para resolver qualquer coisa. E, a partir de agora, eu te empresto meu local sagrado – ele voltou a me olhar. – Sei que você está passando por situações difíceis, mas tudo tem solução, pode acreditar.

– Obrigada, Léo. Você e a Ingrid podem até ter crescido separados, mas são iguais nisso. Vocês dois têm o coração enorme. Você não sabe o bem que me fez hoje.

– Que bom. – Ele me abraçou e eu tive plena certeza de que ia superar tudo. Ele sorriu e acariciou meus cabelos. De repente, o semblante dele ficou sério e ele ficou de pé quase que num pulo. – Esse negócio de cantar Maroon 5 e olhar o mar me deu sede. Vamos tomar alguma coisa? Te deixo em casa depois.

Ele me estendeu a mão para me ajudar a levantar. Diferentemente do que aconteceu da outra vez, não trombei com ele. O Léo forçou um sorriso enquanto me indicava a direção por onde devíamos seguir. Não entendi por que ele ficou todo esquisito de repente e até meio assustado. Paramos na lanchonete, ele pediu os sucos e, aos poucos, voltou a se comportar como antes. Apesar de ter ficado intrigada, preferi não perguntar. Ele podia ter se lembrado de algum problema por causa do lugar.

Quando ele me deixou em casa, eu estava me sentindo muito melhor. Quem diria que no fim de um dia tão difícil eu ganharia um lugar para meditação e, melhor que isso, um amigo tão especial?

4
Prisma

Tive uma noite de sono maravilhosa. Dormi tão profundamente que nem ouvi o som da mensagem que chegou no celular.

> Amor, desculpa. Resolveram incluir uma música do Dinho Motta na gravação, então tive que aprender a letra pra gravar. Depois te explico, preciso dormir. Te amo. Bjo

Hora da mensagem: 2h25 da madrugada. Tadinho! Uma música do Dinho Motta no repertório vai mesmo chamar atenção. Vai ser muito bom para ele. Só que a saudade está apertando cada vez mais.

O Dinho Motta canta rock, e os garotos adoram imitar o estilo dele. Lembro que a Brenda Telles gravou um vídeo bem simples, talvez com a câmera do celular mesmo, nos bastidores de um dos shows dele. Foi por causa do número de visualizações desse vídeo que ela acabou chamando a atenção dos organizadores do IPM e foi convidada para participar.

Não aguentei de curiosidade e fui conferir o perfil da Brenda nas redes sociais. Para minha própria sanidade mental, eu tinha sido proibi-

Prisma

da pelas meninas de fuçar o perfil dela depois que o IPM terminou. "Não procura cabelo em ovo!", foi o conselho *filosófico* da Mari.

E eu "obedeci"... até aquele momento. Quando fui conferir, tive uma tremenda surpresa. A Brenda tinha namorado! E bem bonito, por sinal. Ruivo, olhos incrivelmente verdes. Fucei mais um pouco e descobri que ela já namorava o tal Pedro antes de entrar no reality show. Na época, o perfil pessoal dela tinha acesso restrito, mas agora estava público. Eu sofri demais com as fofocas, e o namorado dela deve ter passado pelos mesmos problemas. Bom, sei lá. Garotos são tão diferentes...

Olhei a hora no celular e já estava atrasada para o colégio! Eu e essa minha mania de ficar fuçando o que não devo. Cheguei ao CEM em cima da hora! Eu mal tinha colocado a mochila na cadeira quando o sinal tocou.

Na hora do intervalo, o Caíque veio falar comigo:

– Tenho uma coisa pra te perguntar... – Ele pareceu meio constrangido. – Você pode me dar o telefone da sua terapeuta? A Ingrid disse que ela te ajudou bastante no início do ano.

– Claro, Caíque! – Fiquei preocupada. – Você tá com algum problema? Posso te ajudar?

– É que eu quero fazer algum tipo de teste vocacional, sabe? Todo mundo já decidiu o que quer fazer, menos eu. Tô ficando meio ansioso com todo mundo falando de faculdade, ENEM, vestibular... E eu nem sei o que quero fazer para o resto da vida.

– Ela com certeza vai te ajudar! Acho que é normal sentir dúvidas. Mas todo mundo tem talento pra alguma coisa, só que uns descobrem mais cedo, outros não.

– Valeu. Tô mesmo muito ansioso. Quero marcar logo a consulta.

– Vai dar tudo certo. Fica tranquilo! – sorri para ele, tentando animá-lo. – Não consigo guardar nenhum número de telefone. Te passo por mensagem.

Depois das aulas, a convite da Aninha, fomos almoçar todas juntas. Ela tinha uma grande novidade: tinha acabado de receber a primeira prova do livro!

— Ah, meninas! — A Aninha gesticulava sem parar, jogando aquele cabelão loiro de um lado para o outro. — Não queria mostrar pra vocês lá no CEM porque é segredo. E também porque queria comemorar a primeira prova do livro.

— Oi? — a Mari fez uma de suas caras engraçadas. — Prova? Você não ia lançar um livro? Agora vai ser uma prova?

— Hahahaha! — a Aninha gargalhou. — Quando montamos uma amostra de como o livro vai ficar, chamamos de prova. Não ficou lindo?

— Ahhhh! — a Mari suspirou aliviada. — Ando tão aflita com as provas do bimestre que só a palavra "prova" já me dá coceira.

— Ficou lindo demais! — A Ingrid estava radiante. — Que felicidade eu sinto por ter te obrigado a digitar aquele caderno nas férias! E o seu nome na capa vai ficar só Ana Paula Fontes? Sem o sobrenome do meio?

— Pois é, achamos melhor tirar o Nogueira. Fica mais fácil para divulgar, mais curtinho.

— Gostei do título — foi a minha vez de falar. — *Prisma*. Uma única palavra, impactante. E a capa tá bem legal, com ilustrações das coisas que a gente gosta. E a sua foto? Que diva, hein? O Igor que se cuide, pois a dona Ana Paula vai ficar cheia de fãs.

— Que boba! — a Aninha me deu um peteleco de leve no braço.

— Errr... Então... — a Ingrid fez uma carinha confusa tão fofa que deu vontade de apertar suas bochechas. — A Mari não sabia o que significava "prova". Eu achei a capa linda, maravilhosa, mas... O que você quis dizer com isso, Aninha? *Prisma*?

— Peraí! — a Mari levantou as mãos, para em seguida tirar algo da mochila. — Tão pensando que é só a Aninha que tem novidades? Tchan, tchan, tchan, tchaaaan! Deixa eu consultar aqui o significado dessa palavra na internet do meu mais novo, lindo, espetacular, sensacional e vitaminado celular! — Sentada, ela fez a dancinha da vitória, e tudo que estava em cima da mesa balançou. — Finalmente me dei um celular novo de presente! Deixei o tempo todo no silencioso e esqueci de mostrar pra vocês. Foi difícil convencer meu pai a tirar um dinheirinho da poupança. Eu estava pagando mico... Não! Eu tava pagando um gorila com aquele celular velho.

— É lindo! – falei empolgada, pois a Mari queria um celular novo fazia muito tempo. – Parabéns! Mari Furtado tirando ondinha com as invejosas!

Ela fez cara de metida e lançou beijinhos no ar.

— Aqui no dicionário online, além do significado geométrico, diz que é "um modo particular de ver ou considerar alguma coisa. Um ponto de vista" – a Mari leu, toda satisfeita e fazendo cara de inteligente, provocando risadas na gente, pra variar.

— Como são textos diversos e sem ligação, a editora achou que seria um bom título, mostrando como é meu jeito particular de ver determinadas coisas.

— E ficou com jeitinho nerd, igual a você – a Mari fez careta para a Aninha, só para implicar.

— Meninas, examinando essa questão pelo prisma da biologia, meu estômago roncou e finalmente nosso almoço está vindo! – A Aninha bateu palminhas assim que o garçom começou a colocar nossos pratos na mesa.

— Pelo prisma da sua lombriga, você quer dizer, né? – a Mari riu alto, enquanto roubava uma batata frita do prato da Aninha.

Depois que falamos um pouco mais sobre assuntos do colégio e outras fofocas, acabei me lembrando de contar sobre o passeio relâmpago com o Léo no Forte de Copacabana.

— Seu irmão é mesmo um fofo, hein, Ingrid? – a Aninha suspirou. – Fiquei com inveja do passeio. Também quero!

— Eu tô surpresa... – a Ingrid fez uma cara confusa. – Meu irmão não me contou nada. Que bom que ele te deu essa força quando você mais precisou.

— Ele foi mesmo um fofo, Ingrid. Eu agradeci ontem, mas vou mandar uma mensagem também. – Peguei o dinheiro da minha parte da conta do restaurante e coloquei no centro da mesa. – Preciso ir, meninas. Tô em cima da hora do treino.

— Claro, vai lá! – A Mari pegou o dinheiro. – Faço questão de fechar a conta com a calculadora do meu novo, maravilhoso, extraordinário, divino celular.

— Como tá metida a besta essa garota! – brinquei.

* * *

A tarde foi puxada. Treinamos bastante saques e toques de bola. Segui o conselho das meninas e tentei me dedicar ao máximo. Até recebi um elogio do treinador: "Você foi muito bem, Susana. Gostei do seu empenho hoje". E segui mais animada para o vestiário.

Saindo de lá, lembrei que tinha ficado de passar no apartamento do meu pai, pois os móveis já tinham chegado e ele estava ansioso para me mostrar seu cantinho novo.

Tive uma sensação bem estranha quando cheguei à portaria. Ali sempre tinha sido "a casa da minha avó". Subi, toquei a campainha do 504 e ele abriu a porta. Meu pai estava com a camiseta e o shorts com várias manchas de sujeira, o cabelo todo desgrenhado e uma marca preta no rosto. Mas sua cara estava bem animada. Eu me sentia feliz e triste ao mesmo tempo. Gostei de ver a animação no rosto dele, mas me deu uma dorzinha no coração por ele estar feliz. É muito difícil explicar. Acho que senti pena, na verdade. Pena pelo casamento dos meus pais não ter dado certo.

– Filha, que bom que você veio! – Ele estava todo animado para me abraçar, mas se lembrou do seu estado desgrenhado e desistiu. Tive que rir. – Ainda está tudo meio bagunçado, mas já consegui adiantar bastante coisa.

Na sala tinha uma estante com uma TV, um sofá de três lugares e aquela típica poltrona do papai, confortável e reclinável. Minha mãe nunca deixou que ele comprasse essa poltrona, pois não combinaria com o resto da decoração da sala. Eu não resisti e me joguei logo nela. Era muito boa mesmo! Já podia ver meu pai, em um dia de folga, assistindo a algum jogo de futebol todo esparramado nela. Também tinha uma pequena mesa com quatro cadeiras ali. Pouca coisa, mas tudo bem bonitinho e quase organizado. Precisava ainda de uns quadros e da cortina.

Na cozinha, um fogão de quatro bocas, um micro-ondas, uma geladeira com um congelador bem grande e um armário.

– Vendo tudo tão novinho, me deu até vontade de aprender a cozinhar – brinquei.

– Nossa – ele colocou as mãos na cintura e fez uma cara engraçada. – Além de ter uma filha linda, que aparece em comercial de TV e atleta promissora, ela ainda pode ser uma futura cozinheira? O que mais um pai pode querer?

– Deixa de ser bobo, pai. Vou procurar na internet alguma coisa fácil de preparar para sua próxima folga. Você vai ser minha cobaia culinária. Agora vou dar uma olhada nos quartos.

– Espera! – ele meio que gritou e eu levei um susto. – Tenho uma surpresa para você.

Ele me levou até o corredor e cobriu meus olhos com uma das mãos. Demos alguns passos e ele me guiou para que eu não batesse na porta nem nos móveis.

– Pode olhar agora – ele falou, satisfeito.

Meu segundo quarto! Era muito lindo e confortável, um pouco menor do que meu quarto na casa da minha mãe. Era estranho pensar agora em "casa da minha mãe"... Um armário com portas de correr, escrivaninha e uma cama de solteiro no canto, forrada com uma colcha verde e azul, com direito a cama auxiliar na parte de baixo. Em cima dela, um cachorro de pelúcia preto e branco bem grande, com orelhas enormes.

– Com essa cama extra, você vai poder trazer uma amiga para dormir. Ainda não tem quadros nas paredes ou enfeites, e também não escolhi as cortinas. Acho que você mesma pode fazer isso.

– Pai, ficou lindo! Obrigada! – Pulei na cama e agarrei o cachorro. – Ele é tão parecido com aquele que eu tinha. O Thor, lembra? Tem até uma foto minha com ele num porta-retratos na sala. Eu acabei esquecendo ele na varanda, aí choveu e não teve como salvar. Ele foi direto para o lixo. Fiquei tão triste que não quis outro, com medo de estragar outra vez. Foi por isso que você comprou?

– Na verdade, não, Susana... – ele fez uma cara engraçada. – Mas uma pessoa especial lembrou da história e fez questão de comprar um parecido para enfeitar seu quarto novo.

Ele sorriu, deu um passo e fez sinal para alguém no quarto ao lado, escondido esse tempo todo. Tive que me controlar para não gritar, tamanha foi a minha alegria.

– Edu! – Larguei o cachorro e corri para abraçá-lo. – Faz dias que tô tentando falar com você!

– Eu sei. Desculpa. O Amauri me mandou uma mensagem avisando que você viria aqui hoje depois do treino e eu quis participar da sua primeira visita na casa nova.

– Meu pai mandando mensagem no celular do meu namorado? – Caí na risada. – Que sorte ter um pai tão moderninho.

– Eu sei. Sou mesmo o máximo – meu pai brincou. – Acho que precisam colocar o papo em dia e eu estou precisando de um banho – disse ele, fazendo uma careta. – Tenham muito juízo, ouviram?! – ele fingiu dar bronca.

Assim que ouviu a porta do banheiro bater, o Edu me encheu de beijos. Vou falar uma coisa, se toda vez que a gente se encontrar ele agir assim, vou começar a me conformar com a distância. Os benefícios são bem interessantes!

Sentamos na cama e deixamos o cachorrão de pelúcia no nosso colo.

– Obrigada pelo presente, eu adorei o cachorro! Adorei, não. Eu amei, de verdade.

– Mas você vai ficar chamando o coitado de *cachorro* o tempo todo? Eu sei que vocês, garotas, adoram batizar bichos. Mesmo de pelúcia – ele fez cara de deboche.

– Verdade! – Eu apertei o focinho do bicho de pelúcia. – Ei! Como você quer se chamar?

– Nome de macho, por favor – o Edu fez cara séria para rir em seguida.

Então ele se levantou de repente, foi até a porta do quarto e deu uma olhada no corredor.

– Seu pai ainda tá no banho. Eu ouvi dizer que beijos são uma ótima fonte de inspiração.

– Edu! – fingi dar uma bronca nele. – Se o meu pai flagrar a gente, eu vou morrer de vergonha.

– Shhhhh! Acho que a inspiração do nome tá vindo... – Ele abriu aquele sorriso lindo que adoro e me deu um beijo de tirar o fôlego. Ai, ai...

Alguns minutos depois, ouvimos a porta do banheiro se abrir. Ele me soltou, respirou fundo e se apoiou na janela com a maior cara lavada do mundo.

– Tudo bem aí com o casalzinho? – meu pai meteu o carão no quarto.

– A vista daqui é ótima! Dá pra ver praticamente a rua toda... – o Edu disfarçou.

– Eu pedi pizza. – Ouvimos o interfone tocar. – Vamos comer? Estou morrendo de fome. – Meu pai saiu para atender o entregador.

– Oba! Já estamos indo, pai. – Meu Deus, como estava difícil controlar o riso.

– Zeus – o Edu falou do nada, ainda fingindo admirar a paisagem da janela. Como eu fiz uma cara confusa, ele continuou: – O nome do cachorro de pelúcia. Acho que ele tem cara de Zeus.

– Uau! – aplaudi. – Excelente ideia. Gostei. Ele vai se chamar Zeus.

– Viu como você me inspira? – ele piscou pra mim, enquanto me puxava para a cozinha.

O cheiro estava maravilhoso. Eu, que nem estava sentindo tanta fome, acabei bancando a gulosa e comi logo três fatias. A campainha tocou e mais uma surpresa: minha avó tinha feito pudim de leite de sobremesa. Eu tenho a avó mais maravilhosa do mundo!

Meu pai ainda não tinha muita louça, então acabamos colocando os pedaços de pudim dentro de copos. Minha avó queria voltar até sua casa para buscar taças de sobremesa, mas meu pai não deixou. Ela olhava aquilo como se fosse um sacrilégio. E eu admirava toda aquela farra na cozinha, como diz o livro da Aninha, por um novo prisma.

Eu estava ali, suja de calda de caramelo do pudim, com algumas das pessoas que mais amava no mundo. Não importava se os talheres e pratos não eram os que a etiqueta mandava. Isso era o que menos importava. Tive vontade de chorar, mas segurei as lágrimas. *Nada de choro, dona Susana. Só alegria.* Essa foi apenas a primeira imagem de uma nova rotina. Pizza e pudim na cozinha, uma bagunça completa. E gostei muito dela. Muito mesmo.

5
Dando uma de conselheira amorosa

Tivemos um tempo vago. A professora Aline, de português, acabou tendo que ir embora de repente. A Eulália, coordenadora, disse que ela tinha passado mal e que um funcionário do CEM a levara ao hospital. Ficamos preocupados.

A coordenação liberou os alunos para o pátio. A cantina abriu mais cedo, então aproveitamos para lanchar. Os meninos foram jogar bola no campinho e resolvemos ficar ali por perto, batendo papo embaixo de umas árvores que faziam uma sombra muito boa.

– Preciso falar uma coisa que tá me incomodando muito. É por causa da Aninha, mas vou falar na frente de todas vocês... – A Mari pareceu bem esquisita.

– Por minha causa? – a Aninha arregalou os olhos, espantada. – O que foi que eu fiz?

– Você não fez nada – a Mari suspirou. – Eu sou uma covarde e não estava tendo coragem de falar. E isso tá me deixando louca!

– Mari, a gente não tá entendendo nada... – falei. – Menos drama, vai, amiga.

– O negócio é o seguinte... – E, antes de continuar, a Mari fez bico pra mim por causa da bronquinha. – Eu vou ser protagonista com o Igor, namorado da loira aqui, na peça de formatura do curso de teatro. A gente dá um beijo, mas não é nada de cinema, não! Só um selinho. E eu tô me sentindo a maior das traidoras – ela colocou as mãos no rosto.

– Eu já tô sabendo... – a Aninha riu. – O Igor me contou.

– Contou?! – a Mari descobriu o rosto. – E você ainda ri? Numa boa?

– O que eu posso fazer? Hahahaha! – a Aninha ria sem parar. – Eu namoro um ator, né? Vou ter que conviver com isso, de qualquer maneira.

– E ele te contou quando? – a Mari continuava espantada.

– Desde o primeiro ensaio. – A Aninha deu uma bela mordida na sua coxinha com catupiry e deu um suspiro do tipo "huuumm, que delícia".

– Mas isso já tem o quê? Um mês, mais ou menos? E eu sofrendo à toa esse tempo todo? – a Mari encolheu os ombros, desolada.

– Ele também me contou que você estava com vergonha de falar... – E continuou comendo o salgado tranquilamente, como se estivesse falando, sei lá, do novo corte de cabelo da Taylor Swift. – Claro, não achei a coisa mais legal do mundo quando o Igor me contou. Mas, como eu disse, namoro um ator. E atores fazem cenas românticas. Eu estou fazendo treinamento para aceitar essas cenas desde agora, senão vou ficar maluca.

– Acho que a Aninha reagiu muito bem, com maturidade. – Eu estava mesmo espantada com a segurança dela. – Parabéns, loira! Diva! – Ela riu e revirou os olhos. – Mas e o Lucas, Mari? Ele tá sabendo disso?

– Contei pra ele ontem. – A Mari coçou a cabeça, em um gesto nervoso. – Ele não reagiu nada bem. Acho que nem foi por rolar beijo na cena. Mas por eu ter demorado pra contar. Vocês não repararam que ele nem tá falando direito comigo hoje?

– Não reparei – a Ingrid olhou para o campinho. – Mas daqui a pouco vocês estão bem de novo. Foi só o impacto da notícia.

– Assim espero – a Mari também voltou o olhar para o campinho. – E, já que estamos falando dos namorados da Aninha, tô com saudades do Guiga. Ele é meio rabugento, mas aprendi a gostar dele. Olha lá ele jogando com os meninos!

Dando uma de conselheira amorosa

– Também sinto falta do Guiga – a Ingrid concordou. – Mas, depois que ele começou a namorar a Gláucia, ficou distante, totalmente afastado da gente.

– *Afastada* é ela, né? – apontei disfarçadamente para o outro lado do campinho. – Ela tá lá sozinha debaixo da árvore, com os fones de ouvido. Ela fica por perto quando o Guiga tá jogando bola, mas sem interagir com ninguém.

– Ela é bem esquisita – a Aninha concordou. – Eu confesso que também sinto falta do Guiga. Como amigo, claro. Repetindo a palavra que a Mari usou, ele é meio rabugento mesmo! – ela riu. – Mas guardo boas lembranças do nosso namoro.

– Acho que um dia todo mundo vai ser amigo de novo! – A Ingrid mandou uns beijinhos para o Caíque, aproveitando que ele tinha ido buscar a bola perto da grade.

– Nossa baixinha sempre pensando positivo – apertei sua bochecha. – Olha lá, a Eulália. Vamos perguntar o que aconteceu com a professora Aline!

Nós nos aproximamos e cercamos a coordenadora de tal forma que ela não teve como escapar. Ela estava sorrindo de orelha a orelha.

– Meninas, não tem nada de errado com a professora Aline. Muito pelo contrário. Ela vai ser mamãe! Não é uma notícia linda? Ela já me autorizou a divulgar.

– Ahhhh, que fofo! – a Ingrid já fez cara de choro. – Que notícia maravilhosa. Obrigada por nos contar.

– Vai ser a grávida mais paparicada dos últimos tempos! – A Aninha esperou a coordenadora sair do pátio para começar a dar pulinhos de euforia. – A professora Aline foi fundamental para que eu gostasse ainda mais de ler e, além do César Castro, sempre me incentivou a escrever.

– Além de ter feito a gente gostar dos Beatles. Vamos ter que organizar um chá de fraldas pra ela! – A Ingrid não cabia em si de tanta alegria.

– Eu topo! – concordei. – Vamos organizar uma festa bem legal pra ela.

– Também topo – foi a vez da Mari. – Vai ser o máximo!

No fim do dia, ao chegar em casa depois do treino, tive uma surpresa: meu irmão estava largado no sofá, desolado, agarrado a uma almofada, com a mesma roupa com que saiu de manhã, só que amarrotada. Ele vive na farmácia ou na faculdade, ou seja, um turista em casa. A gente só se vê no café da manhã, praticamente.

– Oi, Anderson. O que você tá fazendo em casa? Por que não foi pra faculdade?

– Uns problemas na instalação elétrica do laboratório afetaram todo o prédio. Todas as aulas de hoje foram suspensas. Mas amanhã já vai estar tudo consertado.

Sua expressão era bem triste. E acho que não era por não ter tido aula. Eu me sentei ao lado dele e ele me olhou meio desconfiado.

– O que tá acontecendo? – perguntei.

– Ora, já falei.

– Você tá com uma cara bem esquisita. Desculpa, você é meio esquisito por natureza, mas não quer conversar? – insisti. – É por causa do divórcio?

Ele continuava me olhando desconfiado. Eu tinha acabado de dizer que ele era esquisito e ele nem protestou. Infelizmente, nós nunca fomos muito próximos. Ele sempre preferiu ficar com a cara enfiada nos livros e nunca me deu muita bola. Eu sempre invejei a relação das minhas amigas com os irmãos mais velhos, mesmo tendo um.

– Minha namorada terminou comigo – ele confessou. – Eu esqueci nosso aniversário de cinco meses e ela pirou. Disse que eu era um insensível e um monte de outras coisas. Que eu não tinha tempo pra ela e só pensava em trabalho, até aos sábados.

– Eu nem sabia que você estava namorando, pra começo de conversa... – Caramba, como dá para saber tão pouco de uma pessoa que mora com você?! – Qual o nome dela?

– Rafaela – ele esboçou um sorriso e me mostrou uma foto dela no celular. A garota era morena com cabelos curtinhos bem legais e usava óculos de armação vermelha. – Linda, né? Ela também estuda farmácia e está um período abaixo do meu. Conheci a Rafa no laboratório que está com problemas. Eu estava de monitor, ela surgiu com uma dúvida e tudo começou.

– Ela é muito bonita mesmo. Cinco meses de namoro? Ela teve uma reação meio exagerada, não? Aniversários são comemorados de ano em ano. Mas já vi que ela é do tipo que curte comemorar todo mês. Se ela está tão brava assim, peça desculpas.

– Eu já pedi! – ele esfregou as mãos na calça jeans. – Ela é dessas que comemoram todo mês. Ela reclamou que eu vivo ocupado, que não mando mensagens de saudades de madrugada. Eu gosto dela, mas não consigo ser do tipo que liga toda hora e lembra as datas. Poxa, ela podia entender! – ele falou, contrariado.

– Eu não lembro de muitos namoros seus. – Eu estava gostando de fuxicar a vida amorosa do meu irmão pela primeira vez. – Aliás, acho que você só trouxe uma namorada aqui... humm, sei lá, no seu aniversário de 18 anos?

– Eu não namorei muito mesmo, você está certa – ele me olhou meio que de canto de olho. Ao mesmo tempo em que ele parecia envergonhado com a conversa, senti que estava curtindo. – Isso é muito embaraçoso para um cara na minha idade?

– "Um cara na minha idade?" – eu ri. – Hello?! Você só tem 21 anos.

– O que é que eu faço então para a Rafaela me perdoar?

Seu tom de voz demonstrava uma ansiedade imensa. Nossa, meu irmão estava apaixonado de verdade. E eu acho que pela primeira vez. E, para ele ter se aberto desse jeito comigo, era porque o desespero para reatar era grande. Uau!

– Sobre a reclamação de falta de tempo, eu até entendo. Tô passando pela mesma situação. Quase não consigo mais ver o Edu. Mas, pensa pelo lado positivo, ela quer ficar mais tempo com você porque gosta da sua companhia. Não acho que seja um rompimento de verdade, ela só ficou chateada. Já que o motivo da briga foi uma data comemorativa, compra um presente pra ela. Aproveita que hoje não tem aula e faz uma surpresa. Vai até a casa dela!

– Sem avisar?! – ele pareceu confuso.

— Se avisar não vai ser surpresa — impliquei, querendo rir de novo, mas mantendo a pose de especialista em reconciliações. — Ela gosta de chocolate? Quase todas as mulheres amam chocolate.

— Gosta, sim. — Ele piscava sem parar. — Você acha que pode dar certo?

— Você só vai saber se tentar. Ou não? — Ele assentiu. — Compra uma caixa grande de bombons sortidos daquela loja do shopping. Prometa que vai se dedicar mais ao namoro e dê o presente. Ela vai ficar balançada, tenho certeza disso. E, se der tudo certo, coloque todas as datas importantes na agenda do celular. A tecnologia pode ajudar nesse caso.

— Vou tomar um banho e fazer isso — ele disse, animado, e levantou do sofá em um pulo. — E se eu levar um fora?

— Desculpa, mas você já levou um fora, Anderson. — Eu fiquei de pé e, com a proximidade, pude sentir sua respiração ofegante. — Vai sair de casa pensando em derrota? Jogue pra vencer. Se não der certo, pelo menos você tentou. Vai lá.

Eu estava comovida com essa situação completamente nova para mim, conselheira sentimental do meu irmão. Então não pude mais me segurar. Eu sorri para ele e fiz um carinho em seu braço.

— Eu vou! — Seus olhos brilharam. Ele já estava me dando as costas, mas se virou de novo e corou antes de falar, abrindo um sorriso meio tímido: — Errr... Obrigado.

Dando uma de conselheira amorosa

— Não precisa agradecer. Vai logo de uma vez! — dei um empurrão nele.

Segui pelo corredor para o meu quarto, mas parei na porta do da minha mãe. Notei algumas mudanças na arrumação. Ela tinha colocado umas almofadas coloridas e pude ver um livro na cabeceira. Fiquei curiosa para saber qual era e fui conferir: *Divã*, da Martha Medeiros. Eu não li, mas vi o filme e adorei.

Mercedes, a protagonista, tem mais de 40 anos, filhos e decide se redescobrir, se é que posso resumir assim. Será que a dona Valéria estava passando pelo mesmo processo? Que dia interessante! Meu irmão apaixonadinho, querendo reatar com a namorada. E minha mãe lendo algo que não seja voltado para o trabalho. Ela só lê revistas e artigos farmacêuticos, além de livros de química e medicamentos.

Achei que eu merecia um descanso dos livros. Fiz um sanduíche e assisti a alguns episódios de *The Big Bang Theory* para rir um pouco das maluquices do Sheldon. Por volta das nove da noite, meu celular apitou. Mensagem do meu irmão.

> Deu certo! Obrigado pela dica. Vou chegar mais tarde... Bem mais tarde. Avisa nossa mãe. Beijos

Olha só, hein? A Ingrid vai ficar toda orgulhosa de mim! Meu celular fez sinal de novo. Pensei que era meu irmão com mais algum detalhe da reconciliação, mas era meu lindo popstar!

> Adivinha só quem vai estar de folga no domingo? O dia vai ser todo nosso. Amanhã a música vai estar disponível no site da gravadora, mas vou te passar em primeira mão na próxima mensagem. Te amo. Bjo

Logo em seguida, a segunda mensagem chegou. O nome da música era "Tudo o que eu quero". E era justamente a que tinha a letra do Dinho Motta. Assim que o arquivo baixou no celular, comecei a ouvir. E eu A-M-E-I a voz do Edu com a do Dinho! Nossa, que emoção! As fãs vão pirar.

Ouvi mais uma vez e fiquei dançando no quarto. O violão alternando com a bateria ficou sensacional. Se eu não consegui ficar parada com o som do celular, imagina no show? Quando acabou, me joguei na cama e mandei uma mensagem para ele.

> Edu, a música ficou perfeita! Já tô vendo vc no palco no show de lançamento. Valeu todo o esforço e a saudade. Vou decorar a letra até lá e cantar bem alto com vc. Vou contar os minutos até domingo. Também te amo!

6
Revelações

Sábado.

Eu acabei acordando cedo, acostumada à rotina. Até me forcei a ficar mais na cama, mas não consegui. Sou agitada demais. Então levantei de uma vez e fui tomar um banho. Aproveitei para usar um novo creme de cabelo da CSJ Teen. Tinha cheirinho de morango e deixou os fios bem macios. Também usei um sabonete esfoliante no rosto para ajudar a tirar aqueles cravinhos chatos do nariz. Adoro esses produtinhos que facilitam nossa vida!

Eu tinha ficado de ir ver meu pai à noite e dormir no meu quarto novo. As meninas iam sair com os namorados. O jeito era deixar todas as lições de casa em dia. Assim, eu poderia ficar tranquilamente o domingo inteiro com o Edu.

Acessei o Facebook e vi que era dia do aniversário da sogra! Meu Deus! Eu tinha esquecido completamente. Deixei um recado. Eu precisava comprar um presente para ela. Pelo visto, as tarefas ficariam para mais tarde. Como eu ainda tinha uma graninha da mesada, resolvi dar uma passada no shopping. Fui logo tomar café da manhã para sair em seguida.

— Ué?! Você por aqui? A mamãe foi pra filial, Anderson?

— Foi — ele estava com um ar divertido — Pedi folga hoje. Aliás, folga eterna aos sábados.

— Como assim? — fingi cara de espanto, só para não perder a chance de implicar. — Tá desmotivado?

— Trabalhar de segunda a sábado é o fim — ele bufou. — Foi uma nova resolução para manter o namoro. Sair aos sábados como todo casal normal. A Rafa reclamou que eu não tinha tempo pra ela, não foi? Agora eu tenho.

— Uauuu! Tô gostando de ver. Adeus, escravidão! Acho que você fez bem. Tem todo o direito. Ser filho da chefe tem que ter suas vantagens, certo?

— Eu fiquei com medo da reação da mamãe, mas ela acabou entendendo. — De repente, ele assumiu o bom e velho tom desconfiado. — Mudando de assunto, você já foi ao apartamento do nosso pai?

— Já, sim. Ele te chamou várias vezes e você dizendo que estava ocupado, Anderson. Vou no finzinho da tarde. Você não quer ir?

— Eu marquei de sair com a Rafa hoje, não acabei de falar?

— Peguei uma receita de penne ao molho branco na internet e vou fazer lá na casa dele. Aposto que o papai ia adorar conhecer sua namorada. Vai lá com ela! E eu tenho certeza que ela vai gostar de conhecer uma parte da sua família. Se você quer mesmo levar esse namoro a sério, tá na hora de apresentá-la oficialmente pra gente, não?

— Você tem razão. E eu estou devendo mesmo essa visita ao papai... E, quer saber, eu estou desconfiado de que tem um cara interessado na nossa mãe — ele soltou a bomba assim, de repente.

— Jura?! — quase engasguei com um pedaço de bolo.

— Ela não comentou nada, sabe? Mas eu passo o dia inteiro com ela, conheço todos os passos da dona Valéria. Estou desconfiado do representante de um laboratório. Ele a levou para almoçar um dia desses. E ela voltou toda alegrinha.

— Toda alegrinha? A mamãe?

— É, ela mesma! — ele riu.

— Mas eles acabaram de se separar! — de repente me senti incomodada.

Revelações

– Calma, não falei nada para não te deixar preocupada. De repente ela só gostou do almoço e voltou mais descontraída.

– E o que você acha disso? Se ela começar a namorar esse ou outro cara?

– Numa boa? – Ele mordeu um pedaço de pão e ficou olhando pra cima, como se estivesse refletindo. – Se ela melhorar aquele humor, já está de bom tamanho.

– Você? Falando mal do humor da mamãe? Logo o filhinho preferido dela? – alfinetei.

– Não é verdade. Ela pega muito no meu pé, Susana. Ela é muito exigente.

– Pensei que você ter escolhido estudar farmácia era a realização do grande sonho da vida dela. Não é motivo pra ser o queridinho?

Ele largou o pedaço de pão com tudo. Acho que peguei pesado. Ele esfregou os olhos e ficou encarando o prato, como se estivesse hipnotizado pelas migalhas. Um silêncio muito constrangedor se instalou entre nós. Eu não devia ter falado daquela forma. Quando eu ia abrir a boca para pedir desculpas, ele começou a falar:

– Eu gosto mesmo de farmácia. E de trabalhar nas lojas. Não estou cursando a faculdade para agradar a nossa mãe. Mas, por eu poder assumir a gerência de tudo um dia, ela exige muito mais de mim. Eu entendo, até tenho paciência com o jeito dela, mas às vezes é bastante sufocante. Já tive inveja de você.

– De mim? – Essa era uma novidade e tanto!

– Você é determinada, sabe o que quer, brigou contra tudo e todos para se tornar atleta profissional. E ela admira isso em você. Vai lá e enfrenta todos os obstáculos. Às vezes, me acho muito subordinado a ela e queria dar o grito de independência também. Tenho ideias para renovar o estoque, penso em produtos diferentes, ou até serviços exclusivos. Mas sempre fico com medo de ser rejeitado e não falo. Pedir para não trabalhar mais aos sábados foi um grande progresso.

Eu estava pasma. Então minha mãe admirava meu jeito de ser e o meu irmão confessou sentir inveja de mim? Ele voltou a pegar o pão e terminou de comer em silêncio. Eu só o encarava, espantada com tudo aquilo.

— A gente nunca conversou sobre isso... como tá fazendo agora. Por quê? — perguntei.

Ele deu de ombros e ficou olhando para as paredes. Eu já estava desistindo de esperar uma resposta quando ele resolveu falar.

— Nossa diferença de idade é de quase sete anos. Na minha cabeça você sempre foi uma criança. Com a mamãe exigente ao extremo e o papai viajando o tempo todo, sempre me senti muito sozinho. Como você entenderia? Do ano passado para cá, tenho percebido que você está amadurecendo. Mesmo assim, ainda não tinha motivos para falar sobre isso. A forma como você encarou a separação dos nossos pais e se mostrou disponível para me ajudar com a Rafa me incentivou. Tudo bem. Eu sei que sou meio fechado, pareço durão, distante. Ou esquisito, como você diz. Mas eu percebo as coisas, só que fico na minha. Não sou muito bom com as palavras, prefiro as fórmulas e tubos de ensaio.

— Eu ainda tô surpresa com tudo o que você está me dizendo — suspirei, meio assustada com toda aquela revelação. — Eu sempre me senti rejeitada por você e pela mamãe.

— Isso não é verdade — ele fez carinho no meu braço e, de novo, me espantei. — Nossa família é meio diferente, né? — ele deu um sorriso torto. — Uma mãe que só pensa em trabalho, um pai que vive mais no céu do que na terra, eu quase um cientista maluco e você, uma atleta. Quatro pessoas completamente diferentes dentro da mesma casa. Quer dizer... até alguns dias atrás.

— Pois é! — eu ri pelo jeito como ele descreveu nossa família. — Tô gostando desse novo Anderson. Pelo menos novo pra mim. Acho que a Rafaela é responsável por essa mudança. Vou adorar conhecê-la! Pode se preparar, pois eu vou dar um abraço de urso nela.

— Acho que ela ajudou nisso, sim... — ele corou. — Apesar do meu jeito meio ogro, consegui fazer com que ela me enxergasse — ele riu da própria descrição. — Ela é comunicativa, adora fazer amizades, e eu aprendi a me soltar um pouco com ela. Ela me faz muito bem.

Revelações

– Mais um motivo para ir com ela na casa do papai mais tarde. Minha curiosidade aumenta cada vez mais. Ah, e tem outra coisa. Vai perder a estreia da chef Susana?

– Que perigo – ele gargalhou. – Posso levar um lanche? Sei lá, pães e frios? Melhor garantir que a Rafa não passe fome no primeiro dia dela como parte da família.

– Que absurdo! – me fiz de ofendida. – Vou provar pra você que meu penne ao molho branco vai entrar para a história! Não é possível errar um macarrão.

– Vou me arrumar agora. – Ele se levantou.

– E eu tô atrasada para o shopping! – Eu me espantei com a hora. Meu plano de chegar lá assim que abrisse já tinha ido por água abaixo.

Comecei a juntar a louça para levar para a cozinha. O Anderson já estava seguindo para o corredor quando, por impulso, o chamei.

– Eu posso pedir um abraço pro meu irmão? – estendi os braços. Ele deu um sorriso tímido e voltou para me abraçar.

A princípio, foi um abraço totalmente desengonçado. Eu o puxei e o abracei mais forte. Ele parecia uma estátua, mas foi relaxando. Nunca fomos dessas demonstrações de afeto, mas prevejo que muita coisa vai mudar a partir de agora. Enfim eu estava me entendendo com ele. Acho que, nos meus 15 anos de vida, eu nunca tinha conversado tanto com ele! Deve ter sido isso que a Ingrid sentiu quando conheceu o Léo. Ter um irmão mais velho pode ser muito bom! E eu estava começando a descobrir isso agora. A parte mais chata dessa constatação é que ele sempre tinha morado comigo.

Foi só quando cheguei ao shopping que me dei conta de que eu não fazia ideia do que comprar para a Regina. Eu estava andando de um lado para o outro quando lembrei que no segundo andar tinha uma loja de roupas que ela gostava. *Isso!* Não tinha como errar. Talvez, pela grana que eu tinha, só desse para comprar uma blusinha, pois a loja não era das mais baratas. Mas tudo bem!

Primeiro dei uma conferida na vitrine para ver se tinha algo do jeitinho dela. Quando eu estava prestes a entrar, avistei a Sílvia, da Estúdio

Jovem Models, dentro da loja. Ela é a dona da agência de modelos que me contratou para o comercial da CSJ Teen. Só que o Léo, irmão da Ingrid, também estava lá. Fiquei olhando pela vitrine e reparei que os dois estavam juntos. Será que o Léo vai ser modelo também? Bom, altura, porte e um sorriso lindo ele tem. Mas peraí. É uma loja feminina. Não tem nada a ver! Por que ele estaria ali dentro com ela?

Eles se viraram para sair e meu primeiro instinto foi me esconder. Disfarcei olhando a vitrine da loja ao lado e, para minha sorte, eles seguiram no sentido contrário do que eu estava. Observei os dois pelo reflexo da vitrine. Antes que eles se distanciassem, pude ouvir algo que me deixou chocada:

– Léo, meu filho! – Ela empurrou as sacolas para ele. – Ajude aqui a sua mãe, vai!

– Caramba, dona Sílvia! – ele usou seu tom brincalhão, que eu já conhecia. – Eu sabia que a senhora ia me fazer carregar todas as suas sacolas quando me chamou para vir junto.

– E para que servem filhos grandes e fortes? – ela se fez de ofendida, fazendo uma cara engraçada e colocando uma das mãos sobre o peito.
– Para isso mesmo, acostume-se!

Meu coração estava aos pulos. Como assim, o Léo é filho dela? Ele nunca me contou. Pior, a Ingrid também nunca comentou. E ela sabe qual foi a agência que me contratou! Como ela podia não saber que se tratava justamente da agência da mãe do próprio irmão? Esqueci por um instante o motivo de ter ido ao shopping e, tremendo, consegui ligar para a Ingrid.

– Oi, Susana. Diga, amiga linda! O que manda nesse sabadão?

– Ingrid, você tá muito ocupada agora? Posso passar na sua casa?

– Nossa, sua voz tá estranha. Aconteceu alguma coisa?

– Aconteceu, sim! Precisamos conversar.

– Tudo bem – ela pareceu preocupada. – Eu só vou sair mais tarde para encontrar o Caíque, pode vir. Não quer adiantar o assunto por telefone?

– Não – eu mal conseguia respirar. – Em quinze minutos tô aí.

– Tudo bem. Vou falar com o porteiro pra você subir direto quando chegar.

Fui caminhando até a casa da Ingrid, mas minhas pernas estavam bambas. Pelo visto seria um dia de revelações. E alguma coisa me dizia que eu não ia curtir as que estavam por vir.

7
Mais revelações

Quando cheguei à casa da Ingrid, minhas mãos estavam geladas. Nem consegui cumprimentar direito a Jéssica, a irmãzinha fofa da minha amiga. A Ingrid fechou a porta do quarto e nos sentamos na sua cama.

– Susana, você tá com uma cara muito estranha. Tô aflita! Se a Mari e a Aninha não estivessem no inglês, eu ia convocar uma reunião de emergência das MAIS. Fiquei muito preocupada. O que foi que aconteceu?

– Ainda bem que você não chamou as meninas. O assunto é com você, Ingrid... – Ela arregalou os olhos. – É sobre você e o Léo.

Contei detalhadamente a cena do shopping. Ela, que já é baixinha, foi se encolhendo ainda mais, agarrada ao travesseiro, e ficou com uma expressão triste.

– Eu só queria entender por que o Léo nunca me contou que a mãe dele era a dona da agência – minha voz saiu meio rouca, pois eu estava falando sem parar. – Ele teve várias chances de me contar, principalmente no dia do Forte de Copacabana. E você também. Por que nunca me contou? Por que tanto segredo?

Ela se levantou e começou a andar de um lado para o outro, torcendo a blusa com as mãos. E torceu tanto que chegou a marcar o tecido. Depois de suspirar profundamente, voltou a se sentar e olhou para mim, bastante sem graça.

Mais revelações

– Eu já te peço um milhão de desculpas. Prometi guardar segredo. O Léo não queria que você soubesse que os pais dele eram os donos da agência.

– Por quê? – Eu não estava entendendo tanto suspense.

– Lembra daquela discussão com a Mari na porta do CEM, por causa da fofoca da Loreta Vargas sobre o Edu e a Brenda Telles? A gente ficou uma semana sem se falar direito, e foi aí, no meio dessa confusão toda, que pintou o convite para o comercial da CSJ Teen. Naquele dia da briga, visitei a agência pela primeira vez. A Sílvia estava enlouquecida porque a modelo que faria o comercial tinha sido internada. Então eles estavam procurando alguém de porte atlético que fosse a cara da marca. E nenhuma modelo da agência era do jeito que eles queriam. Então o Léo e eu tivemos a ideia de te indicar, mesmo sabendo que você não era modelo. Mostrei uma foto sua para a Sílvia e ela quase saiu correndo pra falar com você. Esse é o resumo da história.

– Então foram vocês dois que me indicaram? – Eu estava tonta com a história. – E por que você nunca me disse?

– Já falei! O Léo não queria que você soubesse. Na época, você estava muito chateada por causa das fofocas e da nossa briga. Ele queria que o comercial levantasse seu astral. E ele estava certo. Foi maravilhoso pra você.

– Foi um prêmio de consolação. – Uma enorme sensação de derrota me invadiu. – Então a implicância da Samara faz sentido. Eu não merecia ter feito o comercial. Eu pensei que tinha sido escolhida porque tinha me destacado de verdade, que tinham visto algum potencial em mim. Mas não foi isso. Como você mesma disse, eu fui escolhida para substituir outra garota. Às pressas! E nada mais conveniente do que a amiga da irmã.

– Você tá interpretando tudo errado, amiga... – A Ingrid estava quase chorando.

– O que você quer que eu pense? – Foi a minha vez de ficar de pé e andar de um lado para o outro. – Eu não mereci fazer aquele comercial. E eu achando que eu tinha algum talento pra coisa, que tinha sido descoberta por mérito próprio.

— Mas foi seu mérito! Você não está entendendo.

— Então me explica, por favor, Ingrid. Porque está bem difícil.

Parei de andar feito barata tonta e me sentei de novo.

— A mãe do Léo contou que fazia meses que estava tentando fechar negócio com a outra agência que fez o comercial. Quando mostrei sua foto, ela te achou perfeita. O fato de eu te conhecer e cair de paraquedas no meio de uma reunião de trabalho da agência ajudou? Sim, e muito! Mas não ia adiantar nada se a Sílvia não achasse que você tinha o perfil. Ela não ia prejudicar os negócios indicando alguém que não tivesse as características que estavam procurando. E o comercial bombou! Você fez um ótimo trabalho, mesmo sem ter experiência. Você aceitou o desafio e mandou muito bem. E é atleta do time, nada mais justo que você representasse a marca. Outra garota do time podia ter sido escolhida? Podia, mas não foi. Teve uma ajudinha do destino? Até teve. Mas, se você fez o trabalho, foi porque mereceu.

— Eu já entendi que foi para levantar o meu moral, eu estava mesmo triste. Tudo bem, eu melhorei mesmo e as fofoqueiras calaram a boca, inclusive a própria Loreta Vargas. O que eu ainda não entendo é por que o Léo não queria que eu soubesse.

— Quando saiu aquela fofoca na internet, o Léo estava me esperando na porta do CEM. Ele tinha acompanhado a polêmica toda e ficou preocupado. Ele foi lá só pra te ver, Susana. Mas você tinha voltado pra casa, nem chegou a entrar no colégio. Fomos almoçar juntos e depois ele me levou na agência. E aí aconteceu tudo o que você já sabe.

— Ele foi ao CEM porque estava preocupado comigo? Ué, gente! Por quê?

— Susana, você é bem esperta, mas tá demorando pra entender essa, hein? – a Ingrid cruzou os braços e, depois de um longo suspiro, confessou: – O Léo é apaixonado por você. Nossa, traí meu irmão! – Ela levou as mãos ao rosto, chateada. Depois voltou a cruzar os braços e continuou falando: – Mesmo sabendo que tudo que estava acontecendo era por causa do Edu, ele ficou preocupado com você. Como a gente tinha acabado de brigar, pensamos que você não aceitaria se soubesse os detalhes. O Léo queria muito que você aceitasse o convite e que desse tudo certo com o comercial. Ele queria te ver feliz.

Eu estava chocada. O Léo, apaixonado por mim? De repente as peças do quebra-cabeça começaram a se encaixar. A mudança brusca de comportamento dele durante o passeio no Forte de Copacabana. A reação da Ingrid no restaurante quando contei sobre o passeio...

– Mas ele tem namorada! – lembrei.

– No que uma coisa impede a outra, Susana? – Ela não conseguiu mais segurar as lágrimas. – Ele gosta da namorada, mas, apaixonado mesmo, ele é por você.

– E por que você tá chorando, Ingrid? Fiquei nervosa, não queria ter descontado em você. Fui grossa, né? Por favor, me desculpa, não queria te fazer chorar.

– Não é por sua causa, fica tranquila. Eu entendi seu nervosismo. Eu não queria ter traído a confiança do meu irmão, é por isso. Mas, do jeito que você descobriu, eu não tinha como não te contar toda a história.

– Por que ele é apaixonado por mim? – eu ri, nervosa. – Eu nunca fiz nada pra ele se interessar por mim.

A Ingrid me olhou boquiaberta, enxugando as lágrimas.

– Você ouviu o que disse? Prestou atenção na grande bobagem que acabou de falar? – Ela fungou. – Você é incrível, Susana! Uma amiga e tanto, divertida, determinada, tem personalidade. Qual garoto não ia querer te namorar? Você não consegue se ver, digamos assim, como uma garota *apaixonante*?

– Você acha que eu sou isso aí? – Eu estava mesmo abismada com toda aquela conversa.

– Hoje você está focada em duas grandes coisas na vida: o Eduardo e o vôlei – ela continuou. – Você não tá conseguindo enxergar as coisas ao seu redor. Claro que são duas coisas importantíssimas. Mas o vôlei e principalmente seu namoro com o Edu estão te deixando cega para todo o resto. E, pior, cega para as suas próprias qualidades.

A maior característica da Ingrid é ser doce em todas as situações. Ela é fofa por natureza, gentil e amorosa. Mas eu estava levando uma senhora bronca! De um jeito fofo, educado, mas era um tremendo puxão de orelha.

– Você duvida da sua capacidade para o comercial e não entende o motivo de ter despertado um sentimento tão lindo no meu irmão – ela continuou. – Você sabe quantas garotas vivem correndo atrás do Edu. E, desde o início, ele escolheu você. Reconhecer as próprias qualidades não é arrogância, como muita gente adora dizer. Reconheça de uma vez por todas que você é uma garota incrível.

– Nossa, tô até emocionada com tudo isso – suspirei profundamente.

Lembrei que as meninas do time já tinham me dado um toque sobre meu namoro com o Edu. Agora, com a Ingrid, já era a quarta pessoa a me falar.

– O Léo é um cara fantástico – falei. – Ele foi tão carinhoso comigo quando me encontrou na praia! Bateu até vergonha agora – senti o rosto arder. – Não posso retribuir o amor dele da forma como ele gostaria. Sou apaixonada pelo Edu. Mas preciso confessar, Ingrid. Teve uma hora no passeio que a gente ficou muito perto e eu senti meio que uma tontura. O seu irmão é muito gato! – eu ri e ela fez uma cara engraçada, concordando. – Eu nunca trairia o Edu. Apesar disso, não passou batido quando a gente se esbarrou.

– Não é porque é meu irmão não, mas... – ela parecia mais relaxada agora. – Ele é um príncipe. E sabe que você ama o Edu, Susana. Por isso preferiu ficar na dele. Ele tem 19 anos, trabalha e faz faculdade. Ele enxerga as diferenças. Nem é questão de idade, são só quatro anos, mas a realidade de vocês é bem diferente. Ainda estamos no ensino médio, nossa liberdade é limitada pelos nossos pais. Ele é livre para ir aonde quiser. Apesar disso tudo, ele gostou de você. Quem manda no coração, né? Ele respeita seu namoro e só quer te ver bem. E foi o que fez até agora, tanto com o comercial como no lance do Forte de Copacabana.

– Nossa! – abracei uma almofada, como se ela pudesse me dar paz. – Tá dando um nó na minha cabeça. Você acha melhor eu me afastar dele?

– Não! – ela segurou as minhas mãos. – Meu irmão ia sofrer. Ele gosta de você e tem sido um bom amigo, não?

Mais revelações

– Claro que sim! – abracei a Ingrid para tranquilizá-la. – Um amigo e tanto, como eu nunca tive. Mas não quero dar falsas esperanças...

– Continue se comportando como tem feito até agora. – Ela me deu um beijo no rosto e acariciou meu cabelo. – Nada vai mudar. Acho que vou ser obrigada a guardar um novo segredo. Não vou contar que você sabe. Assim ninguém vai ficar constrangido da próxima vez que vocês se encontrarem.

Ouvimos uma batidinha na porta. Era a Jéssica.

– A mamãe fez empadão de frango! – ela bateu palminhas de alegria. – Ela tá chamando as duas pra comer. E não adianta dizer que não vai ficar, Susana. Ela já colocou o prato pra você na mesa.

– Já tá na hora do almoço? – Olhei espantada para o relógio do celular. – Nem vi o tempo passar. Claro que fico pra almoçar.

– Oba, então vamos! – a Jéssica se colocou entre nós duas e nos abraçou. Que garota mais fofa!

— O empadão da mamãe é imperdível, né, Jéssica? — A Ingrid se levantou e estendeu as mãos, nos puxando para fora do quarto. — Vamos devorar essa delícia!

E realmente estava maravilhoso. Eu me diverti muito com as histórias da Jéssica. Ela é uma figura! Ri tanto que meu coração ficou leve. Depois do almoço, retomei meu plano inicial e segui para o shopping para comprar o presente da Regina.

O sábado nem tinha chegado à metade e eu já tinha passado por fortes emoções. Primeiro com meu irmão, depois com a grande revelação sobre o Léo. Fiquei pensando em como a vida pode ser bem doida. É uma ilusão enorme achar que conhecemos as pessoas porque convivemos com elas. Eu já tinha me conformado com o fato de que meu irmão não se importava comigo. E, pelas nossas últimas conversas, deu para ver que não era nada daquilo. A diferença de idade e temperamento pode ter separado a gente por um tempo, mas acredito que, a partir de agora, vamos conseguir nos entender melhor.

Mas o Léo estar apaixonado por mim foi uma bomba na minha cabeça. Quantas vezes não nos apaixonamos platonicamente por alguém? E descobrir que alguém gosta da gente dessa forma é totalmente diferente. E um cara tão incrível como o Léo, uau! Ele é lindo, divertido, inteligente... Saber disso até aquece o coração, mesmo que eu não possa retribuir. Quem não gosta de se sentir querida?

Não sei por que fiz isso, mas acabei indo fuçar o perfil do Léo na rede social. Mais ou menos uma hora antes, ele tinha postado uma foto com a Marina, a namorada dele. "Almoçar em boa companhia, com essa vista maravilhosa... precisa mais?" O localizador indicava um restaurante na Lagoa. Ao mesmo tempo em que senti um ciúme inexplicável, torci para que ele se apaixonasse de verdade pela garota. Pelo sorriso, ela estava bem feliz. Eles formavam um belo casal.

Mesmo com um nó na cabeça, tentei me concentrar nos deveres de casa. Fiquei aliviada quando, duas horas depois, já estava tudo pronto. Arrumei uma bolsa de viagem com roupa para dormir e coloquei a troca que eu usaria para ir à casa do Edu no dia seguinte, além de uns objetos de decoração para o meu quarto novo. Eu ainda tinha que comprar os ingredientes para a tal macarronada e fiz uma lista para não esquecer nada.

Eu já estava quase de saída quando a minha mãe chegou, bem depois do horário que a farmácia fecha aos sábados. Certamente ficou trabalhando no escritório com as portas fechadas. Dava para ver que ela estava cansada.

– Você já está indo para a casa do seu pai?

– Tô sim, mãe. A gente tinha combinado que eu dormiria lá hoje, lembra?

– Lembro. Divirta-se. – Ela deu aquele sorrisinho torto, sem demonstrar direito se estava ou não confortável com a nova situação. – Vou descansar um pouco e devo sair com umas amigas mais tarde. Então, se ligar aqui e não me encontrar, já sabe.

– Ah, vai sair... – não consegui disfarçar o espanto. Ela não fazia isso há muito tempo. – Que bom! Você só trabalha. Precisa mesmo se divertir um pouco.

– Já estou treinando uma pessoa para me ajudar mais nas farmácias. Também não acho justo sobrecarregar seu irmão. Nós dois temos direito a um pouquinho de folga. Isso vai ter um preço, mas estou disposta a pagar.

– Você tá certa. Te dou o maior apoio. E o Anderson então, nem se fala – eu ri.

– Você me acha jovem ainda? – ela jogou a pergunta assim, do nada, e se olhou no espelho na entrada do apartamento. – Estou pensando em mudar o corte de cabelo e as roupas. Acho que ando meio descuidada da aparência.

– Renovar é sempre bom. Mas não concordo que você é descuidada. Você é linda e elegante, mãe. Você sempre foi minha inspiração de beleza. – Ela sorriu pra mim, como se estivesse surpresa.

– Que bom saber disso. Dizem que as filhas sempre imitam as mães, não é? Então acho que preciso imitar sua avó e aprender a dançar.

– Ótima ideia! A vovó ia ficar nas nuvens. – Meu celular fez barulho de mensagem. – Desculpa, mãe, mas preciso ir agora. Acabei de receber a mensagem de que o táxi tá chegando. Aviso assim que pisar na casa do papai.

– Sei que as coisas estão complicadas, tudo é recente – ela me segurou pelos ombros e percebi que estava emocionada. – Não tente separar as coisas na sua cabeça. Não existe casa da mãe ou casa do pai. Ambas são suas. Se ficar fazendo essa separação, vai acabar pensando que nenhuma delas é sua. E na verdade são. Você precisa se sentir à vontade nas duas.

– Eu não tinha pensado assim... – Eu estava mesmo falando dessa forma e não havia notado. – Então vou chamar de casa um e casa dois. Melhorou?

– Como você preferir – ela sorriu e me deu um beijo no rosto. – O importante é você se sentir feliz.

Eu já estava dentro do táxi, mas ainda sentia o beijo da minha mãe em mim. São tantas mudanças que parece que estou vivendo um mundo de aventuras. A cada dia uma nova descoberta.

Quando entrei na casa dois, notei como me senti diferente. Realmente falar "casa do papai" tornava tudo impessoal. Então, quando comecei a me aventurar na cozinha, falei "meu fogão", "minha geladeira", "minhas panelas". E juro que não é mentira: meu macarrão ficou maravilhoso! Tudo bem, o molho era pronto e só acrescentei queijo parmesão ralado, mas pelo menos não passei vergonha com a Rafa. Ela é uma fofa e me ajudou com a louça. Ela estava muito feliz de conhecer nossa família. E pelo visto o namoro deles ia longe...

Quando o mais novo casal romântico da família partiu, voltei para a minha infância e fui ver televisão agarrada ao meu pai. Assistimos a *O Senhor dos Anéis*. Confesso que me perdi um pouco na história, mas eu não queria interromper a cada minuto para pedir explicações. Era muito bom ficar com o meu pai, na segurança daquele abraço...

8
Tudo o que eu quero

Conforme combinado, passei o domingo com o Edu. Ele estava feliz da vida. Tinham sido feitos muitos mais downloads da música do que a gravadora previra, e os ensaios estavam indo muito bem. Várias cidades já estavam confirmadas na turnê e a expectativa era gigantesca. Entreguei o presente da Regina e, por sorte, a blusa serviu perfeitamente! Se ela soubesse o que a ida ao shopping para comprar esse presente tinha causado...

E a semana passou voando! Vários testes já estavam marcados e todos os professores fizeram revisão das matérias. Treinos e mais treinos na CSJ Teen e finalmente o tão esperado 27 de setembro chegou, dia do show.

Preciso me redimir com o Carlos Magno: ele forneceu vinte ingressos VIPs, distribuídos entre a família do Edu e a lista que ele sugeriu, que incluía as MAIS e os respectivos namorados. Alugamos um micro-ônibus. Foi a maneira mais prática de irmos, já que a casa de shows ficava na Barra, meio longe para todo mundo.

Chegamos ao Music Hall. Quando finalmente conseguimos atravessar a multidão e encontramos nosso lugar, a empolgação foi geral. A visão do palco era mesmo privilegiada dali! Meu coração disparou quando pensei que em alguns minutos o Edu estaria lá. Não havia um cenário especial e o palco não era muito grande. Vários instrumentos musicais estavam espalhados, aguardando os músicos da banda. Atrás deles, uma grande cortina vermelha. Diversos refletores jogavam luzes coloridas em zigue-zague, fazendo a plateia ficar ainda mais agitada. Um grande telão do lado direito exibia várias fotos dele, e principalmente as garotas gritavam: "Eduardooooo! Lindoooooo!"

Algumas me reconheceram e ficaram olhando e acenando em nossa direção. Fiquei meio constrangida, mas resolvi responder aos acenos.

– Muito bem, dona Susana – a Mari aplaudiu. – Isso mesmo! É assim que se faz. Nada de se sentir intimidada por elas. Aqui você é a primeira-dama, meu amor.

Eu estava tão nervosa que nem consegui rir da piada da Mari. Minha garganta estava seca. Pedi uma água para um dos garçons que passavam entre as fileiras e, quando abri a bolsa para pegar o dinheiro, vi que tinha mensagem nova no meu celular.

> Quero que vc saiba que vai estar comigo o tempo todo. Te amo.

Eu devo ter feito uma cara de boba tão grande que os meninos ficaram me zoando. Eu sei que a mensagem era só para mim, mas não resisti. Assim que virei a tela do celular para que todos lessem, a Ingrid começou a chorar. Oh, amiga mais sentimental...

– Esse tal Eduardo é um conquistador mesmo... – o Lucas brincou. – Não é pra menos que tem esse tanto de garotas histéricas aqui.

– E por um cara... feio assim, né? – o Igor também provocou. Fiz cara de brava para ele. – Tô brincando, Susaninha! Ele é lindo. Tanto quanto eu.

– Esse meu namorado se acha! – a Aninha fez cara de desdém para rir em seguida.

– Gente, vamos aproveitar pra tirar uma foto? – sugeri. – Depois não vou desgrudar os olhos do palco nem por um milhão de dólares.

Aproveitei que o garçom ainda estava por perto e pedi a ele que tirasse a foto com meu celular. Eu postei na rede social logo em seguida, com a seguinte legenda: "Aguardando o show do meu amor com os melhores amigos do mundo. Sucesso, Edu!"

– Olha! – o Caíque apontou para o palco. – Vai começar.

As luzes da plateia se apagaram. Um grande telão começou a descer lentamente bem no centro do palco. Eu olhava para as MAIS com lágrimas nos olhos, e elas também estavam emocionadas. Os garotos estavam ansiosos, mas com certeza o mais ansioso deles era o Lucas. E pensar que parte disso tudo começou com aquele videoclipe feito por ele, na praia...

Assim que o telão parou, foram exibidas cenas da participação do Edu no IPM, desde a entrada até o anúncio de vencedor. Então, de repente, tudo ficou escuro e luzes azuis se acenderam apenas nas laterais do palco. Ouvimos um grande estrondo e uma luz branca foi acesa no centro do palco. O telão já não estava mais lá e o Edu começou a aparecer, surgindo do chão do palco, como de um elevador. Eu já tinha visto isso em outros shows, mas com o meu namorado naquela situação era muito, muuuito diferente! Então gritos e mais gritos. Quando ele apareceu por completo e mais luzes foram projetadas nele, entendi a mensagem que ele tinha me mandado. Ele estava usando o cordão que eu lhe dera de presente e que tinha usado durante todo o IPM! Meus olhos se encheram ainda mais de lágrimas.

A banda começou a tocar e ele pegou o microfone no pedestal. O Edu sorria de orelha a orelha! O mesmo telão que mostrava fotos dele antes do show começou a exibir o palco. Apesar da boa visão dos nossos lugares, dei uma olhada no telão e não pude conter um longo suspiro. O Edu vestia calça jeans clara, camisa preta com detalhes azuis e verdes e tênis preto. O cabelo, propositalmente bagunçado, lhe conferia a aparência de um verdadeiro popstar. Aquele monte de gente assessorando o Edu o tempo todo fez um bom trabalho. Ele parecia muito confiante no palco, como se aquele lugar sempre tivesse sido dele. O show mal tinha começado e eu já estava muito orgulhosa.

Ele começou cantando a música principal do CD, "Tudo o que eu quero". Geralmente a música principal fica para o meio ou para o fim do show, causando muita expectativa. Pelo visto, a ideia era já dar um choque na plateia logo de cara. Pop rock, com um ritmo bem dançante, a música fez todo mundo pular e cantar com ele. E eu já tinha decorado a letra, claro! Eu tinha ouvido todos os dias desde que ele me mandou. E, comigo, mais dez mil pessoas se juntaram ao coro.

Ainda me lembro do seu olhar
Dizendo o que a boca insistia em negar
Que ainda me queria
Que ainda me sentia.

Eu sei
Eu fui errado
E agora estou aqui, perdido
Sentindo raiva de mim mesmo
Buscando algum sentido.

Mesmo no escuro do quarto
Fecho os olhos pra lembrar o teu sorriso
De quando as promessas eram eternas
Isso é tudo o que eu mais preciso.

Me perdoa
Eu ainda te espero
Pra corrigir meus erros
Volta pra mim, pro meu abraço
Que não seja tão tarde
Que não seja tão tarde.

Tudo o que eu quero
É corrigir meus erros

*Volta pra mim, pro meu abraço
Que não seja tão tarde
Que não seja tão tarde
É tudo o que eu quero.*

De repente, do tal elevador que levava ao palco, surgiu o Dinho Motta. O Edu foi encontrá-lo e eles se abraçaram. O Dinho passou rapidamente pelos músicos, cumprimentando-os. E, no centro do palco, eles cantaram juntos.

O show durou cerca de uma hora e meia. Ele cantou "Dentro do coração" e "Caminhos opostos" com novos arranjos. Ficaram bem legais! Duas das músicas que ele cantou no IPM, incluindo "Mirrors", a preferida de todo mundo, entraram no setlist. E outras inéditas do CD, bem pop, do jeito que ele sempre quis. Ele saiu do palco e, como as luzes ainda estavam ziguezagueando, entendemos que ele voltaria para o bis. Uns cinco minutos já tinham passado quando os músicos da banda voltaram, fazendo todo mundo gritar.

Dessa vez ele entrou pela lateral, de camisa azul-clara e com a mesma calça jeans. Seu cabelo estava ainda mais bagunçado, e pude ouvir vários gritos de "lindooooo" na plateia. Ele cantou "Tudo o que eu quero" novamente, dessa vez sem o Dinho Motta. E, como da primeira, todo mundo pulou e cantou junto, ainda mais porque dessa vez ele tocou violão, diferente do início do show.

Quando a música acabou, ele não disse nada, só ficou abraçado ao violão. Apenas sorria e olhava para toda a extensão do Music Hall. Até que ele tirou a alça do violão do pescoço, encostou o instrumento perto do baterista e voltou ao centro do palco, onde estava o pedestal.

– Hoje foi um dos dias mais emocionantes da minha vida! – Ele segurava o microfone com as duas mãos e ria com os gritos da plateia. – Eu era só um garoto com as músicas dos meus cantores favoritos no celular. Desligado do mundo ao meu redor, com os fones de ouvido, eu tocava guitarra imaginária e sonhava se um dia eu poderia cantar num palco como esse. E o sonho se realizou! O trabalho foi duro, muitas horas de ensaio, dedicação praticamente integral. E agora não consigo imaginar minha vida sem isso. Obrigado de coração por pedirem minhas músicas nas rádios e por compartilharem meus vídeos pelas redes sociais! Valeu, galera! – Mais gritos. – Quero agradecer também aos meus amigos, que sempre me apoiaram, e aos meus pais. E eu não poderia deixar de fazer um agradecimento especial à minha namorada, Susana.

Ele voltou os olhos para a área VIP. Estava escuro, mas projetaram uma luz em nossa direção e eu quase morri de vergonha. Todos na pista se viraram para olhar.

– Amor, a próxima é pra você. A música não é minha e não tá no CD, mas a letra é perfeita para expressar o que tô sentindo agora. Nem sempre podemos estar juntos como antes. Mas, todas as vezes que estivermos separados, olhe para as estrelas. Eu também vou estar olhando pra elas e pensando em você. "All of the Stars", do Ed Sheeran.

A plateia foi ao delírio! Cantar bem a música de *A culpa é das estrelas* foi querer que todo mundo caísse em prantos. As lágrimas escorriam dos meus olhos, embaçando minha visão. Ainda bem que pararam de projetar a luz na área VIP e voltei a me sentir protegida na semiescuridão. Precisei sentar, minhas pernas não estavam mais me obedecendo. Foi a coisa mais linda, todo mundo cantando junto. Eu só balbuciava a letra, pois minha voz teimava em não sair. Eu alternava entre olhar para o palco e o telão. O Edu estava muito concentrado, de olhos fechados, como se sentisse cada palavra da canção.

> *It's just another night*
> *And I'm staring at the moon*
> *Saw a shooting star and thought of you.*
> *[...]*
> *So open your eyes and see*
> *The way our horizons meet*
> *And all of the lights will lead*
> *Into the night with me.**

Quando a música terminou, ele se despediu e saiu do palco, acompanhado dos outros músicos. As luzes do Music Hall aos poucos foram se acendendo e todas as pessoas se encaminharam para as diversas saídas. A Regina avisou que aguardássemos na área VIP, pois ela viria nos buscar. Depois de um dez minutos, ela apareceu e meu deu um abraço tão carinhoso que comecei a chorar tudo de novo.

O camarim nada mais era do que uma sala ampla, com vários sofás, espelhos e uma mesa grande com minissanduíches, sucos e bolos. Quando vi o Edu, não consegui falar uma única palavra. Ficamos abraçados por um tempo que nem sei calcular. Ele estava chorando, mas feliz. Ver quem você ama chorar de alegria por ter realizado um sonho é uma emoção quase inexplicável. Ele segurou meu rosto com as duas mãos e enxugou minhas lágrimas.

---

* É só mais uma noite/ E eu estou encarando a lua/ Vi uma estrela cadente e pensei em você.// Então abra seus olhos e veja/ Como nossos horizontes se encontram/ E todas as luzes vão te guiar/ Pela noite comigo.

– Tô muito, muito feliz mesmo que você esteja aqui! – Ele me beijou de leve. – Como foi tudo? Gostou da surpresa?

– Claro! – Dei um soquinho de leve no peito dele. – Como você tem coragem de perguntar, vendo essa minha cara toda inchada e vermelha de tanto chorar?

– Oi, Susana. – Eu me virei. Era o Carlos Magno, o todo-poderoso! – Posso cumprimentar a musa inspiradora do meu popstar favorito?

Ele me deu um abraço bem forte e, quando me soltou, segurou minhas mãos.

– Juro que não sou o Lobo Mau da história. Eu sei que fui um pouco exigente e não deixei você participar dos ensaios e das gravações. Mas eu não podia deixar o Edu perder o foco. Apesar da angústia que eu possa ter causado com isso, acho que o resultado foi ótimo, não? Vou ser um pouco mais flexível a partir de agora, prometo.

– Você fez um ótimo trabalho – tentei ser simpática, apesar de querer dizer que ele tinha sido mesmo muito malvado, mas a hora era de comemorar. – Tô muito orgulhosa do Edu.

– Todos nós estamos – ele sorriu para mim, piscou para o Edu e se afastou, indo falar com os outros músicos.

– Queria tanto sair para comemorar com vocês, mas preciso atender a imprensa. – Ele me deu um beijo e um abraço bem forte e se despediu do restante do pessoal em seguida.

– Aquele lá é o Arnaldo Bastos, o jornalista que adora acabar com os artistas fazendo críticas debochadas? – o Lucas sussurrou.

– Ele mesmo – o Edu confirmou, também sussurrando. – Até ameaçado de morte ele já foi.

– Ai, caramba! – sorri e falei entre dentes, para que o Arnaldo não percebesse. – Boa sorte, Edu.

– Vou precisar – ele deu uma risadinha abafada.

Estávamos morrendo de fome e acabamos parando em uma churrascaria perto da casa de shows. Já passava das duas da madrugada quando eu capotei na cama. Mesmo muito cansada, acordei cedo para ler a crítica do Arnaldo Bastos na internet.

Tudo o que eu quero

Histeria, juventude e boa música

Por Arnaldo Bastos

Ontem estive no show do cantor estreante Eduardo Souto Maior, vencedor do reality show *Internet Pop Music*. Recebi o convite da gravadora para conhecer o mais novo popstar do momento. Confesso que não acompanhei o programa veiculado pelo Canal Global e segui um tanto apreensivo para o show. Lançamento do CD de um garoto de 15 anos? Seria a mais nova versão brasileira do Justin Bieber? Pensei em recusar. Mas, quando eu soube que o Carlos Magno era o empresário, mudei de ideia. Ele foi responsável pelo sucesso de pelo menos três bandas de rock. Produtor musical conceituado, ele não arriscaria o pescoço por um adolescente inexperiente. Fiquei curioso. Então cancelei uma reserva feita há duas semanas em um restaurante francês badaladíssimo e fui.

Quando cheguei ao Music Hall, uma legião de fãs, na maioria garotas da mesma faixa etária do cantor, aguardava ansiosamente o início do espetáculo. Não dava para acreditar que uma das mais conceituadas casas de shows do Rio de Janeiro estava lotada para ver um completo desconhecido. E lotada de adolescentes histéricas. E, mais uma vez, o sentimento de que eu não ia me dar bem naquela empreitada me invadiu. Eu, do alto dos meus assumidos 47 anos, me senti pai de toda aquela molecada ali. E me lembrei com tristeza do meu tornedor de filé-mignon com espuma de foie gras cancelado na última hora.

O show começou com a música "Tudo o que eu quero", composta por Dinho Motta. E o garoto tinha arrumado um senhor padrinho musical! Conheço quem arrancaria o próprio braço para fazer uma parceria com o cantor de rock mais popular do Brasil. Eles fizeram um dueto que causou tanta gritaria que pensei que teria de usar aparelho auditivo pelo resto da vida.

Consideração final: fui surpreendido. Positivamente surpreendido. Ainda bem que não me deixei levar pelo preconceito inicial. Posso afirmar que a música brasileira ganhou um novo artista que tem tudo para aproveitar muito mais do que os quinze minutos de fama do reality show. Apesar da pouca idade, Eduardo tem garra, determinação, afinação, beleza, simpatia e, o principal, talento. Guardem este nome: Eduardo Souto Maior. Vocês ainda vão ouvir falar muito dele.

Às vezes, as pessoas têm um pouquinho de poder nas mãos e se sentem verdadeiros deuses, donos da verdade. Ele começou o texto com o tradicional deboche de sempre, mas no fim das contas elogiou. Ufa! Ainda bem.

Mais tranquila, voltei para a cama e só acordei com o cheirinho maravilhoso da torta de queijo da vovó tomando a casa toda. Adoro quando ela faz essas surpresas e vem paparicar a gente aos domingos.

9
Adolescendo Sitcom

Confesso que tive de redobrar a atenção para ouvir o César Castro falando sobre Aristóteles. Ele falava superempolgado e eu, com a cabeça tão cheia de coisas, tive que me esforçar muito para entender. Eu ainda não tinha nota suficiente para passar na matéria dele, e minhas notas precisavam estar acima da média no boletim.

Foi um alívio quando o sinal do intervalo tocou. Saímos para lanchar, mas eu não estava com fome. Só queria mesmo respirar um pouco.

– Susana, fiz o teste vocacional com a terapeuta. Esqueci de te falar no sábado – o Caíque parecia animado.

– E aí? – perguntei, curiosa – O que ela te falou?

– Estava tudo na minha cara. Ela me fez entender que eu tinha de prestar atenção nas coisas que eu já fazia e que me davam prazer. E uma dessas coisas divertidas foi justamente ajudar o Lucas com a página do Eduardo. Eu estava com vergonha de falar isso pra ela, por achar que podia ser bobagem. Mas ela acabou me mostrando uma carreira muito interessante. Eu posso estudar marketing com ênfase em mídias sociais e internet. Bom, pra quem até pouco tempo atrás se recusava a ter perfil em rede social, tô adorando mexer com essas coisas. Ela me disse que muitos artistas contratam esse tipo de profissional para gerar conteúdo na internet. Cantores, bandas, atores, atletas. Inclusive empresas, com produtos e marcas.

— Ah, eu adorei a sugestão dela — fiquei animada por ele. — Por isso muita gente fica indecisa na escolha da carreira. Pensam apenas nas profissões mais tradicionais, quando existem opções bem mais de acordo com as novas tecnologias. Acho que você vai se dar muito bem. A CSJ Teen, por exemplo, faz esse trabalho. As redes sociais são bem movimentadas. Deve ser divertido.

— Eu tinha uma ideia totalmente errada de trabalho. Tanta gente reclama da segunda-feira que eu sempre pensei que trabalhar era um sacrifício e tivesse muito estresse. Mas, como você acabou de falar, pode ser bem divertido! Eu achava que trabalho e diversão não podiam andar juntos.

— Parece que muita gente pensa errado — concordei. — Isso não tira a dedicação, só torna as coisas muito mais leves.

— Agora tô bem mais animado para estudar para as provas e até para o ENEM, pois já tenho um objetivo. Obrigado pela força, Susana.

A Ingrid se aproximou e abraçou o Caíque pela cintura.

— Ele estava me contando sobre a decisão de estudar marketing.

— Eu fiquei tão feliz! — ela olhou para ele com aquele jeitinho apaixonado. — Estou até pensando em recrutar o Caíque para ser voluntário lá na ONG.

— Eu?! — ele se assustou. — Mas eu não sei cuidar de crianças. Só do meu irmão, e bem mais ou menos.

— Não é disso que estou falando... — a Ingrid riu da cara confusa que ele fez. — Que tal ajudar a gente a promover mais a ONG? Precisamos de mais colaboradores e de doações. O que acha? Seria uma boa experiência, antes mesmo de entrar para a faculdade. A dificuldade de conseguir mais doações é justamente porque as pessoas nem sabem que a ONG existe. Precisamos divulgar melhor.

— Acho a ideia maravilhosa! — concordei com a Ingrid. — E um ótimo treino também, além das coisas que você já faz para o Edu. São tipos de divulgação diferentes.

– É verdade – ele sorriu e pude ver um brilho em seus olhos. – Mas será que eles iam aceitar?

– Eu vou ver com a minha coordenadora. – O sinal do fim do intervalo interrompeu nossa conversa. – Vou falar com ela ainda esta semana.

– Estão lembrados do nosso almoço especial de hoje, né? – a Mari chegou toda empolgada, puxando a gente para a classe.

Teríamos o primeiro tempo do período da tarde livre. Ou seja, almoço prolongado em plena segunda-feira, dia em que ficamos até mais tarde no CEM. A Mari e o Lucas estavam fazendo um suspense danado. Eles pediram para o grupo todo se reunir na lanchonete da rua de trás, pois tinham uma novidade para contar. O que será que esses dois estavam aprontando?

Assim que as aulas da manhã terminaram, fomos para a hamburgueria. Cada um pegou seu lanche e seguiu para o salão do segundo andar, já que dá para juntar as mesas por lá e não fica tão concorrido na hora do almoço.

– Afinal de contas, o que vocês têm pra contar pra gente? – a Aninha, pra variar, falou de boca cheia. – Vocês não vão anunciar o casamento, né?

– Hahahaha – o Lucas riu. – Sou novo demais pra isso. E, se fosse o caso, a Mari ia ter que sustentar a casa, é a única que ganha dinheiro aqui. Que tipo de comercial anda pagando cachês mais altos ultimamente?

– Mas olha só que namorado folgado! – a Mari colocou as mãos na cintura. – Vai achando que eu vou sustentar marmanjo, vai.

– Então o que é? – falei. – Esse mistério todo está me matando.

– Eu conto! – o Lucas levantou a mão e forçou aquela tosse típica de quem vai fazer um anúncio, para aumentar ainda mais o suspense. – Como vocês já estão cansados de saber, quero muito fazer cinema. Escrevi alguns roteiros para um canal que inventei com histórias curtas e engraçadas. Tudo bem, tem vários canais no YouTube que fazem isso. Mas o meu é para adolescentes, mostrando o dia a dia. Provas, namoros, broncas dos pais, falta de grana pra sair, essas coisas. Então convidei a Mari e o Igor para participar e eles toparam! O Igor falou com o Matheus, que também aceitou. Cada vídeo vai contar com diferentes personagens, mas os atores vão ser os três, por enquanto. A gente vai começar as gravações logo. Se tudo der certo com a edição e ficar do jeito que tô planejando, começo a postar no canal no mês que vem.

– Que máximo! – a Aninha vibrou. – Ahhh, o Igor ficou mesmo de me contar algo sobre um trabalho novo, mas eu não sabia que era isso. Adorei! O Matheus é muito legal e um ótimo ator, tem mais experiência. Vai ser muito bom para vocês!

– A gente meio que decidiu tudo ontem pelo chat – foi a vez da Mari. – O curso de teatro vai acabar logo e pensamos que vai ser legal mostrar um trabalho diferente. Pode dar muito certo! E, sem querer ser puxa-saco, os roteiros estão muito bons.

– Quer coisa melhor que a namorada ser sua fã? – o Lucas deu um beijinho nela.

– E eu tô adorando ser a única garota! – a Mari fez pose de metida, fazendo a gente rir.

– Eu posso cuidar da página ou do site oficial – o Caíque se ofereceu. – Quero pegar prática nisso.

– Poxa, cara – o Lucas deu um soquinho no ombro dele em agradecimento. Ahhh, garotos e seus cumprimentos estranhos... – Valeu! Vai ajudar pra caramba.

– E o canal já tem nome? – a Ingrid perguntou. – Quero ver logo esses vídeos! Fiquei empolgada.

– Ihhhh! – a Mari levou as mãos ao rosto. – A gente ainda não pensou nisso.

– Verdade – o Lucas concordou. – É que a gente decidiu tudo tão de repente que nem pensamos em um nome. Falha minha.

– Os vídeos vão ser sobre o cotidiano adolescente, certo? – o Caíque fez pose de pensador. – Situações engraçadas?

– Isso. Vamos fazer dessas situações uma grande piada – o Lucas riu. – Já tô imaginando a Mari arrancando risadas de todo mundo.

– Quer coisa melhor que o namorado ser seu fã? – a Mari o imitou e bagunçou o cabelo dele.

– Que tal Adolescendo Sitcom? – o Caíque sugeriu.

– Sitcom? De *situation comedy*, como nos seriados americanos? Eu curti – falei. – Resumiu bem a proposta.

– Eu também gostei – o Lucas falou. – E você, Mari?

– Adorei! – ela concordou, empolgada. – Por mim, tá aprovadíssimo!

– Se o objetivo é promover o trabalho de vocês, pode ter uma página com o link do canal, fotos de divulgação, bastidores e contato – o Caíque também parecia empolgado.

– Nem parece que ele não sabia que profissão escolher. Agora ninguém segura mais o Caíque! – a Mari brincou. – Vai ser um marqueteiro de primeira.

– O nome é marketólogo, Mari – o Caíque ajeitou a camisa, se fazendo de metido.

– O marketólogo mais gatinho de todos, vamos combinar. – A Ingrid deu um beijinho no rosto dele.

– Quer coisa melhor que a namorada ser sua fã? – o Caíque entrou na brincadeira e fez todo mundo rir.

A conversa de planejamento do Adolescendo Sitcom foi tão divertida que, quando nos demos conta, faltavam só dez minutos para as aulas da tarde. Saímos correndo tão apressados que, quando finalmente nos sentamos em nosso lugar, caímos na risada. O professor não entendeu nada e ficou nos olhando como se fôssemos todos loucos.

Dei uma olhada para o Caíque e ele parecia outra pessoa. Ele sempre foi fofo, simpático e sorridente, o par perfeito para a Ingrid. Mas agora ele estava com um brilho totalmente diferente nos olhos... Nada como ter um objetivo maior para a gente ficar mais feliz.

10
Conselhos e pipocas amanteigadas

E, em um piscar de olhos, já era quarta-feira. O Augusto pediu que a gente chegasse cedo ao treino, pois tinha alguns recados para dar. Ele costuma fazer isso logo no início, porque muita gente precisa sair no horário por causa do trânsito.

– Meninas, em primeiro lugar, quero agradecer o empenho de vocês nos treinos. Principalmente quanto aos exercícios um pouco mais pesados para o fortalecimento muscular. Com maior resistência física, o desempenho dentro da quadra é muito melhor. A técnica é importante, mas o preparo físico é fundamental.

– Eu *adoro* esses exercícios, treinador – a Samara falou, enquanto enrolava uma mecha de cabelo nos dedos. – Além de estar mais bem preparada para os jogos, tô percebendo que meu sucesso com os garotos tem aumentado bastante também! – ela riu de si mesma, como se tivesse dito algo muito engraçado.

– Samara, fico feliz em saber que isso esteja causando efeito positivo na sua vida afetiva, mas vamos nos limitar a falar sobre o time e o campeonato enquanto estivermos em quadra. Reserve esse tipo de comentário para o vestiário com suas colegas.

Ela fez bico e nem tentou disfarçar que não ficou nada feliz com o fora que tinha levado do Augusto. Tive de olhar para o chão para conter o riso. Pois, se olhasse para a Mariane, a que mais implica com ela, ia cair em uma gargalhada sem fim.

– Bem, o que quero falar é que logo teremos os jogos do campeonato carioca. Diferente do campeonato do primeiro semestre, esse vai contar com menos times inscritos. E nosso primeiro adversário vai ser o Manauara. O time tem um ano a mais de existência e, portanto, de experiência que o nosso. Apesar disso, acredito que podemos vencer.

– A data do jogo já foi definida? – perguntei, ansiosa.

– Já, Susana – ele parecia empolgado com o início dos jogos. – Vai ser no sábado, 11 de outubro. Portanto quero que prestem bastante atenção no que vou recomendar. – Ele deu uma olhadinha bem rápida na direção da Samara. Seria uma indireta? – A CSJ Teen acredita no potencial de vocês e patrocina este time. Mas, para que isso continue acontecendo, precisamos mostrar resultados. Vale ressaltar que quem está falando isso sou eu, Augusto. Não é um pedido da empresa. É uma iniciativa minha. Preciso que vocês assumam esse compromisso comigo, para o bem de vocês mesmas. Até o fim do campeonato, evitem confusões ou excessos na vida pessoal, porque isso vai afetar diretamente o desempenho de vocês na quadra.

– Como assim? – a Alê fez uma expressão confusa. – De que tipo de excessos você tá falando?

– Todas vocês têm entre 15 e 16 anos. Estão no auge dos hormônios – ele riu, fazendo a gente rir também. – A idade de se apaixonar, querer namorar, ir para festas, fazer algumas coisas escondido dos pais, comer em excesso, dormir tarde. Não estou pedindo que não tenham vida social. Apenas peço que ajam com bom senso.

– Tipo, não ir a uma festa e me empanturrar de empadinhas de camarão em véspera de campeonato e correr o risco de ter uma tremenda dor de barriga na hora do jogo? – a Camila brincou.

– Isso mesmo, Camila – ele concordou. – O que parece inofensivo pode acabar acarretando um enorme prejuízo. E uma atleta que não pode jogar por causa de excesso alimentar, por exemplo, não vai atrapalhar apenas o desempenho dela, mas do time todo.

Conselhos e pipocas amanteigadas

– Acho esse toque muito válido, Augusto – a Alê, sempre brincalhona, agora estava séria. – Essa é uma oportunidade e tanto pra todas nós. Estamos trabalhando duro há muitos meses e seria terrível estragar tudo por bobagem. Vou seguir seu conselho.

– Que bom, Alê – ele sorriu. – Precisamos nos destacar, mostrar que, apesar de sermos um time novo, estamos focados. Bom, era isso. Agora vamos nos aquecer para o treino de saques.

E, quando ele falou "treino de saques", ele realmente tinha essa intenção! Mas foi ótimo. Ele focou nos tipos em que cada atleta era mais forte, mas também forçou que melhorássemos o desempenho nos que éramos mais fracas. Ele falou que, por comodismo, alguns atletas aplicavam técnicas que haviam aprendido primeiro e não se aventuravam por outras nas quais poderiam ter melhor desempenho.

Cheguei em casa por volta das seis e minha mãe já tinha chegado.

– Chegou cedo, mãe. O que houve? Tá tudo bem?

Ela riu da minha cara de interrogação.

– Tudo ótimo! Estou me desapegando aos poucos.

– Desapegando? Como assim? – Eu continuava confusa.

– Estou treinando o funcionário para fechar a loja três vezes por semana. Então a partir de agora estou liberada desse compromisso. Não sei muito bem o que fazer com essa liberdade que eu mesma me dei, mas vou tentar.

Juro que fiquei paralisada olhando para minha mãe, como se ela fosse um extraterrestre. Não conseguia me lembrar da última vez em que a vira em casa antes das nove da noite. E eu estava tão cansada que acreditei ter apenas pensado isso. Mas, na verdade, eu tinha falado em voz alta.

– Eu gosto de trabalhar, Susana – ela fez uma expressão triste. – Mas precisei terminar um casamento para entender que tenho que dividir melhor meu tempo e minha atenção.

Esse tipo de conversa com ela era novo para mim. Meu primeiro impulso foi querer dar uma desculpa e escapar para o meu quarto. Mas a adrenalina causada pela nova situação me fez ficar e, quando dei por mim, a pergunta já tinha saído de supetão:

— Você ainda gosta do papai?

Ela me encarou por um instante e não respondeu. Caminhou pela sala, passou os dedos nos móveis, fingindo checar se havia pó por ali, para enfim se sentar no sofá. Depois de tamborilar os dedos nos joelhos, ela deu um sorriso meio sem graça.

— Não sei – suspirou. – Eu não sei se gostava mais da ideia de ser casada ou de ser casada com o Amauri.

— Não entendi, mãe. – Achei a resposta bastante confusa.

— Eu fiquei encantada com o fato de ele ser piloto quando o conheci – ela corou. – Afinal pilotar um avião parece mágico, poderoso. Além de o uniforme ser lindo – ela riu e eu tive que concordar. É engraçado o efeito que alguns uniformes causam nas mulheres. – Eu estava tão focada nas fórmulas dos medicamentos e na minha carreira que minha visão de mundo tinha se tornado muito limitada. E ele tinha tantas coisas pra contar! – ela suspirou e voltou o olhar para mim. – Ele conhecia lugares, pessoas, culturas. Era como se o Amauri fosse meus olhos para o mundo, eu enxergava tudo através deles. Eu me encantei com tudo isso.

— Meu pai é mesmo encantador... – falei.

— Eu sei que você o adora. E não tem como ser de outra forma – ela sorriu. – Os primeiros anos de casamento foram maravilhosos. Mas depois as coisas caíram na rotina. Ele é tão viciado em trabalho quanto eu. E, no meio desse vício todo, cada um se voltou para o próprio mundo. Essa separação já existia há muito tempo, nós apenas tomamos coragem para formalizar.

— Eu sinto muito. De verdade.

— Eu sei, Susana, não se preocupe. Mas quero consertar algumas coisas enquanto há tempo. – Ela parou de falar de repente e fez uma cara engraçada, como se tivesse tido uma ideia mirabolante. – Você está muito cansada? Está passando um filme com aquele ator que você gosta, o Ashton Kutcher. Não lembro de ter ido alguma vez ao cinema no meio da semana! – ela riu de si mesma. – Acho que nunca fiz isso.

— Eu e minha mãe vendo filme do Ashton Kutcher no meio da semana, com direito a pipoca amanteigada? Acho que vai ser feriado nacional! – caí na gargalhada.

Conselhos e pipocas amanteigadas

– Vamos ou não? – ela cruzou os braços, se fingindo de ofendida.
– Eu tomei banho na CSJ Teen, só preciso trocar de roupa.
– Então te espero! Anda logo, menina! – ela me expulsou do sofá.

Como era um dia de ingressos promocionais, o cinema estava cheio. Minha mãe olhava tudo com curiosidade. Para alguém que vivia em função do trabalho, parecia uma aventura ir ao cinema em plena quarta-feira. Entramos na fila da pipoca e ela parecia uma criança observando as pessoas. Foi bem engraçado quando entramos na sala de cinema e ela se atrapalhou com o ingresso, o copo de refrigerante e o balde de pipoca ao passarmos por algumas fileiras. Tive de ajudá-la segurando sua bolsa antes que tudo fosse parar no chão.

Eu já tinha visto o filme com as meninas, mas não quis falar nada. Ela estava tão empolgada para fazer algo fora da rotina! Então, aproveitando a semiescuridão, fiquei observando todas as reações dela. E isso foi um filme totalmente à parte. Ela parecia uma adolescente, rindo das cenas, comentando como o ator era bonito e lambendo os dedos sujos de pipoca.

Quando voltamos para casa, ela estava leve e sorridente.

– A farra foi boa, mas tenho que ir deitar, mãe. O cinema foi ótimo. Eu estava mesmo precisando me distrair da pressão das provas e dos treinos.

Ela me abraçou e passou a mão no meu cabelo.

– Eu me diverti muito. Precisamos fazer isso mais vezes. Boa noite, filha.

– Boa noite, mãe. – Dei um beijo estalado em sua bochecha, e ela riu.

Depois de ajeitar minhas coisas para o dia seguinte, passei pela porta do quarto dela e a vi lendo o livro da Martha Medeiros. Eu me deitei, mas o sono não vinha. No escuro do quarto, acessei meu perfil na rede social pelo celular só para passar os olhos pelas postagens, na tentativa de chamar o sono. Então o Léo me chamou no chat. Eu contei que tinha ido ao cinema com a minha mãe. Confessei que me sentia estranha por não estar tão traumatizada com o divórcio dos meus pais, como algumas amigas tinham ficado.

Léo Fisio: É por isso que adoro conversar com você, me divirto. Hahaha. Culpada por não estar traumatizada? Essa é boa.

Susana Azevedo: Hahaha! Pois é. Eu devia estar, né?

Léo Fisio: Quem disse?

Susana Azevedo: A vida?

Léo Fisio: Falando sério... Quando as pessoas se casam, fazem isso pensando que vai ser pra sempre. Mas muitas vezes não dá certo. E, quando a separação é

Susana Azevedo: amigável, como no caso dos seus pais, evita desgaste, brigas e discussões.

Susana Azevedo: É. Tem sido bem tranquilo, sem traumas.

Léo Fisio: Então não precisa se sentir estranha. Seu papel é se dar bem com cada um nessa nova fase. E, pelo visto, vc tá fazendo isso muito bem. Ir ao cinema com a sua mãe no meio da semana pode ser uma nova rotina divertida para vocês duas.

Susana Azevedo: Vc sempre me colocando pra cima. Vc é muito fofo, Léo.

Léo Fisio: Ah, para. Assim fico sem graça.

Susana Azevedo: É verdade. Você sempre tem algo bom pra me falar.

Léo Fisio: Talvez porque vc mereça ouvir. Como não dizer coisas boas pra uma garota tão legal e linda como vc?

Susana Azevedo: Agora quem vai ficar sem graça sou eu, rsrsrs

Léo Fisio: A gente podia tomar um sorvete um dia desses. Tem uma sorveteria ótima perto da sede da CSJ Teen. O de chocolate belga é meu favorito.

Susana Azevedo: Mentira!!! O meu também! Eu conheço essa sorveteria.

Léo Fisio: Então que tal amanhã?

Susana Azevedo: Acho que tudo bem. Só não posso demorar pq tenho que estudar. O treino termina mais cedo amanhã, 16h30.

Léo Fisio: Também preciso estudar. Te espero na porta da sorveteria às 17h. Qualquer coisa me avisa por mensagem. Por mim já tá marcado.

Susana Azevedo: Aviso. Até amanhã. Boa noite.

Léo Fisio: Boa noite. Bons sonhos. Bjos

Susana Azevedo: Bjos

Fiquei offline no chat e sem poder acreditar no que eu tinha acabado de fazer. Posso classificar "tomar um sorvete de chocolate belga" como um encontro? Ai, meu Deus! E eu estava me sentindo ainda mais estranha por estar indo dormir com um sorriso no rosto. O que estava acontecendo comigo? E o pior de tudo era que eu não achava que tinha algo errado, e sim que era a coisa mais natural do mundo. E talvez fosse mesmo. Talvez fosse só mais uma novidade para minha coleção.

11
Sorvete de chocolate belga

A prova de geografia foi fácil. Eu já tinha estudado a matéria e sabia bem o conteúdo. Tanto que ter ido ao cinema no dia anterior não me prejudicou. Acho que na verdade até me ajudou a relaxar um pouco.

Fui uma das primeiras a terminar a prova e segui para o campinho para esperar o resto do grupo. Logo em seguida a Ingrid apareceu por ali. Já que estávamos sozinhas, achei que era a melhor hora para contar sobre o Léo.

– A prova foi linda! – a Ingrid suspirou quando sentou, abrindo um pacote de biscoitos. – Acho que consegui a nota que eu precisava. Quer um? – ofereceu ela.

– Não, obrigada. Ingrid... humm... tenho uma coisa pra te contar. Ontem, antes de dormir, fiquei online e o Léo veio falar comigo. E foi um príncipe, como sempre.

Contei tudo o que tínhamos conversado e, quando falei do sorvete, ela quase engasgou com o biscoito.

– Ai, meu coração! – a Ingrid colocou a mão no peito. – Isso não vai dar certo.

– Eu agi errado, né? Eu não devia ter aceitado o convite dele. Vou mandar uma mensagem dizendo que não vai dar pra ir.

– Não sei se você agiu errado. Depende de várias coisas. O que te motivou a aceitar?

Eu fiquei muda. Simplesmente não sabia o que responder.

– O Léo é um cara legal. Tem sempre coisas fofas pra me dizer. Como posso não querer a companhia de alguém assim?

– Não vejo problema nenhum em tomar um sorvete com um amigo. Ele namora, você também. Isso não impede que vocês sejam amigos. Já pensou se todo mundo que é comprometido não puder mais fazer amizades? Se for nesses termos, não tem nada de mais. Agora, se algo além disso acontecer, lembre que duas pessoas vão sofrer: o Edu e a Marina.

– Credo, Ingrid! – Meu coração chegou a disparar. – Eu não ia ser doida de fazer algo errado. Ai, droga! – Peguei o celular e comecei a buscar o telefone dele na agenda. – Vou desmarcar.

– Não faça isso. Vocês já criaram uma expectativa sobre o tal sorvete. É melhor mesmo que vocês se encontrem. Só preste atenção no que sentir quando estiver perto dele. No dia do Forte de Copacabana, você estava triste e ele te animou. Foi coincidência ele te encontrar na praia. Agora vocês marcaram de se ver. A situação é bem diferente.

– Eu sei. Você ficou chateada comigo?

– De jeito nenhum! – a Ingrid segurou meu braço, como se quisesse enfatizar o que estava falando. – Eu só fiquei preocupada. Não quero que nenhum dos dois sofra, só isso. Amo vocês. Você é uma das minhas melhores amigas, e ele é meu irmão.

– Own, como essa minha ruivinha pode ser tão fofa? – eu a abracei. – Pode deixar, vou ficar atenta. Não vou fazer nada de que eu possa me arrepender, fique tranquila. – Baixei o tom de voz e aproveitei para roubar um biscoito dela. – O pessoal tá vindo. Melhor mudarmos de assunto.

∗ ∗ ∗

A sorveteria ficava na rua ao lado da CSJ Teen, no terceiro andar de uma galeria comercial. Conforme eu me aproximava, sentia meu estômago revirar de nervoso. Eu juro que não estava entendendo isso.

– Oi! – Sorridente e cheiroso, o Léo veio me cumprimentar na porta da sorveteria. – Você é pontual.

Sorvete de chocolate belga

– Oi, Léo! – retribuí o beijo e o abraço. – Pontual e faminta.

– Ah, é? Então o sorvete não vai servir... – ele franziu a testa, como se pensasse numa solução para a minha fome.

– Aqui tem um waffle maravilhoso. E podemos comer com sorvete – sugeri.

– Uau. Vou ter que malhar dobrado amanhã para compensar essa comilança toda.

– Você? Preocupado com calorias? – tive que rir. – Sarado desse jeito?

Ele me olhou de forma engraçada. Mas onde é que eu estava com a cabeça para falar uma coisa daquelas? Por que sempre falamos besteiras quando estamos nervosos? Mas por que mesmo eu estava nervosa?

– Cuidar da boa forma não é exclusividade de vocês, mulheres, ouviu? – ele riu. – Vamos para o andar de cima? – ele apontou para uma escada caracol na qual eu nunca tinha reparado. – Aqui embaixo faz muito barulho, não vai dar pra conversar.

Eu nunca tinha ido ao andar de cima, nem sabia que ele existia. Ali havia uma grande janela que dava para a praia de Botafogo. A vista era deslumbrante! Depois que fizemos o pedido para a garçonete, ele cruzou as mãos sobre a mesa e ficou me encarando. Senti que corei.

– Quero ir ao jogo. Quando vai ser?

– Dia 11 de outubro – respondi. – Vai ser importante.

– Por isso quero estar presente... – ele sorriu.

A Ingrid disse para eu prestar atenção nos detalhes. Tudo bem, dever de casa. Nota mental número um: *Que sorriso lindo ele tem.*

– Valeu – ri, meio sem graça. – A presença dos amigos vai ser fundamental. Ainda não temos torcida organizada, nosso time é muito novo.

– Mas logo vão ter, é só questão de tempo. O Eduardo vai estar lá?

– É provável que não. Ele tem show quase todos os fins de semana até o fim do ano, por causa do lançamento do CD.

A garçonete então trouxe nossos pedidos. Fazia muito tempo que eu não comia aquele waffle com sorvete e tinha esquecido como era enorme! Assim que ela virou para atender outra mesa, olhamos um para a cara do outro e caímos na risada.

– Preciso tirar uma foto disso antes que o sorvete comece a derreter... – ele sacou o celular do bolso.

Eu pensei que ele ia apenas fotografar os pratos. Mas ele chamou a garçonete e, com um sorriso, pediu para ela tirar uma foto nossa. A garota pegou o celular meio sem graça. Deve ter sido o sorriso dele, como tinha acontecido comigo minutos antes. Ele virou o celular para me mostrar e a foto tinha ficado perfeita! O sorvete de chocolate e a calda por cima do waffle eram de dar água na boca e, de fundo, a praia de Botafogo.

– Vou te mandar por mensagem pra você guardar de recordação. Não vou postar para não te causar problemas. Vai que a tal Loreta Vargas resolve postar no blog dela. Não vou te colocar numa situação ruim.

Sorvete de chocolate belga

Eu comecei a comer, ainda sem acreditar no que ele tinha falado. Outra pessoa postaria a foto na internet sem a menor preocupação. Nota mental número dois: *Ele é mesmo um príncipe.*

– Nossa. Isso aqui é muito bom – ele revirou os olhos e apontou para o prato.

– De comer rezando – concordei.

Enquanto comíamos, conversamos sobre diversos assuntos. E ele perguntou sobre os treinos, querendo saber mais sobre a rotina de atleta. Foi bom falar de uma coisa de que eu gosto tanto. Muita gente não consegue entender a dimensão do esporte, acha que é uma vida fácil. E, como futuro fisioterapeuta, ele entendia perfeitamente os desafios. Muito bom poder conversar com alguém sobre assuntos que, para outros, parecem coisa de outro planeta. Já começava a anoitecer e a vista da praia de Botafogo foi tomando outra forma. Do nada, soltei a pergunta:

– Você já veio aqui com a Marina?

Ele deu mais uma colherada e me encarou. Nota mental número três: *O jeito como ele olha no fundo da alma dá um nervoso danado!* Mas um nervoso bom, se posso classificar assim.

– A Marina terminou comigo.

– O quê? – eu me espantei tanto com o que ele disse que acabei babando a calda. – Mas você postou uma foto com ela outro dia mesmo.

– Pois é – ele me olhava de um jeito divertido. – Humm... Dá licença?

Ele pegou um guardanapo e limpou o canto da minha boca. Congelei.

– Na verdade, ela pediu um tempo – ele voltou a falar enquanto amassava o guardanapo e o deixava em um cantinho da mesa. – Ela disse que eu não gosto dela do mesmo jeito que ela gosta de mim – ele deu de ombros e continuou comendo.

– E ela tá certa? – *Susana, aonde você quer chegar com isso, sua doida?*

– Eu gosto dela – ele levantou os olhos pra mim e deu um sorriso torto. – Ela é uma garota muito legal. Mas não sou apaixonado por ela. E acho que ela percebeu isso.

Meu coração disparou.

– A gente não manda no coração, né? – falei, para me arrepender logo em seguida.

– Não podemos mandar nos nossos sentimentos – ele concordou. – Mas podemos decidir como lidar com eles. Nem sempre o que o nosso coração quer é o melhor pra gente. Ou o mais sensato.

Dei a última colherada no waffle e fiquei hipnotizada pelo desenho que a sobra da calda tinha formado no fundo do prato. Ele nem podia imaginar que eu estava lendo as entrelinhas do que ele tinha acabado de dizer. Senti uma pontada no peito.

– E o que você vai fazer em relação a isso? Não sente falta dela?

– Vou respeitar o tempo dela. Tá sendo bom pra mim também, tô colocando os pensamentos em ordem.

– Tá sendo muito difícil pra mim ficar longe do Edu – suspirei.

– Eu sei. – Ele me encarou por um instante para em seguida olhar para a praia. – Dói ficar longe de quem a gente gosta. Querer falar e não poder. Querer abraçar e a distância impedir. – E voltou os olhos melancólicos pra mim.

– Vai dar tudo certo. Logo vocês vão reatar.

– Se for o melhor para nós dois... – Ele coçou os olhos de forma dramática. – Esse papo tá muito sentimental. – E deu uma olhada nas horas no celular. – Eu preciso acabar um trabalho da faculdade ainda hoje. Posso pedir a conta?

Ele não me deixou pagar minha parte. Quando ameacei pegar a carteira, recebi um olhar de reprovação tão grande que me senti uma criancinha tomando bronca.

– Não quer mesmo uma carona? – ele perguntou, já tirando as chaves do carro do bolso.

– Não precisa, Léo. Moro aqui pertinho e pra você é contramão. Vou chegar bem mais rápido a pé.

– Bom, é a senhorita quem manda – ele deu de ombros. – Você já tá na vantagem, vai gastar as calorias.

– Hahahaha! Como você é bobo. Você tá ótimo.

– Obrigado pela companhia. Mande uma mensagem assim que chegar para dizer que está sã e salva.

Sorvete de chocolate belga

– Mando, sim. Mas não se preocupe, faço esse caminho todos os dias.
– Boa noite, Susana. Bom descanso.
– Boa noite, Léo. Boa sorte com o trabalho da faculdade.
– Vou precisar mesmo. E muito! – ele riu.

Voltei para casa meio hipnotizada e, quando dei por mim, já estava dentro do elevador. Segui pelo corredor e, ainda no automático, abri a porta do apartamento. Por sorte, não havia ninguém para perguntar o motivo da minha cara de pateta. Liguei o ventilador de teto no máximo e me joguei na cama. Meu corpo inteiro parecia queimar.

– Susana, sua louca! O que você pensa que tá fazendo? – gritei para mim mesma.

Levou ainda uns quinze minutos para a temperatura do meu corpo voltar ao normal. Mandei a mensagem e fiquei com o celular na mão. Segundos depois, o sinal de mensagem. O Léo tinha acabado de mandar a foto da sorveteria.

> Eu sei que vc, o sorvete e a praia ao fundo estão lindos. Mas por favor não use minha parte pra espantar as formigas da cozinha. Bjos

12
Primeiras batalhas

Os dias passaram voando e logo chegou o tão esperado 11 de outubro, data do nosso primeiro jogo no campeonato carioca, contra o Manauara.

Durante esse tempo, o Edu não tinha voltado para o Rio nenhuma vez. Ele estava viajando por várias cidades para os shows de lançamento do CD. A gente quase nem se falou por telefone, apenas por mensagens. Até conseguimos nos falar por Skype algumas vezes, e pude matar a saudade um pouquinho.

Quanto ao Léo, só o vi uma vez depois do nosso encontro. Saí do CEM e vi que o carro dele estava estacionado do outro lado da rua. A Ingrid parecia bem nervosa enquanto conversava com ele. Ela quase nunca fica dessa forma, então preferi nem me aproximar e só acenei de longe. O Léo só concordava com a cabeça enquanto a Ingrid falava. Ele estava encostado no carro, os braços cruzados, e usava óculos escuros. Até que ele entrou no carro e partiu. Ela não comentou nada sobre a discussão, mas ficou bem óbvio que o assunto tinha sido nosso encontro na sorveteria. Como ela pediu que eu observasse meus sentimentos, fui sincera e listei todas as minhas notas mentais. "Obrigada por ter sido sincera comigo", ela me abraçou depois da nossa conversa e nunca mais tocamos no assunto.

Primeiras batalhas

Infelizmente meu pai estava escalado para trabalhar no dia do meu jogo. Mas a galera toda combinou de dar uma força da arquibancada. O *Jornal do* CEM publicou uma nota convocando a torcida. Isso foi bem legal! Como o jogo seria em Laranjeiras, muita gente poderia ir, já que fica perto de Botafogo, o bairro da maioria da galera. Outras garotas do time que moravam perto também convocaram os amigos.

Chegamos uma hora antes do jogo e o Augusto deu as últimas instruções no vestiário. Apesar da ansiedade da estreia do campeonato, eu estava confiante. Quando entramos em quadra para aquecer, nos deparamos com uma boa quantidade de torcedores do Manauara. Mas isso não nos intimidou. Nosso time ainda não era muito conhecido. Mas foi um alívio quando conseguimos identificar nossos amigos em uma parte da arquibancada usando as nossas cores: amarelo e azul.

Faltando dez minutos para o início da partida, o Augusto juntou o time para uma foto. Olhei novamente para a arquibancada e tive duas surpresas. A primeira era que o Léo tinha mesmo ido, mas estava com a Marina. Pelo visto, eles tinham reatado. Eu não tinha lido nada sobre isso no perfil dele na internet, então me surpreendi quando a reconheci. Espero sinceramente que dessa vez ele se apaixone de verdade pela garota. E a segunda foi que minha mãe também estava lá! Ela não tinha garantido que apareceria, porque um funcionário tinha ficado doente. Fiquei muito feliz ao vê-la ali. Ela não entende nada de vôlei. Aliás, ela não consegue entender as regras de esporte nenhum. Mas tinha ido mesmo sem entender a diferença entre saque e bloqueio. As meninas estavam tirando selfies com ela. A Mari liderava as poses, óbvio. Mas, pelas expressões que a minha mãe fazia, estava se divertindo.

Para ficar tudo perfeito, só faltava minha avó por lá. Mas ela disse que seria confusão demais para ela. Eu entendi e não fiquei chateada. Nem todo mundo consegue se sentir à vontade em locais com muita gente. Mas eu sabia que ela estava torcendo por mim, rezando para todos os santos que conhecia.

Logo estávamos todas a postos. Eu fazia parte das jogadoras que iniciariam o jogo. Analisei todas as adversárias, e elas eram bem parecidas conosco. Nem mais altas ou baixas, fortes ou magras. Estávamos de igual para igual.

A Alê partiu para o primeiro saque e logo abrimos o placar. A disputa foi bem difícil. Mesmo assim, vencemos o primeiro set por 25 a 21. E eu consegui marcar cinco pontos.

Durante o segundo set, eu fiquei no banco. O Augusto quis me poupar, porque no fim do primeiro caí de mau jeito em um bloqueio e fiquei com um pouco de dor no tornozelo esquerdo. Eu disse que estava tudo bem e que eu podia jogar, mas ele preferiu que eu entrasse no set seguinte. A Samara fez uma ótima atuação, marcando sete pontos. Apesar disso, o Manauara conseguiu vencer com uma diferença de dois pontos, por 25 a 23.

Foi um jogo longo, bastante cansativo; durou mais de duas horas. Cada ponto, cada saque, cada bloqueio foi feito com raça. A torcida do Manauara agitava bastante, gritando o nome das jogadoras. No entanto, apesar de todas as dificuldades, conseguimos vencer o quarto set, que definiu o jogo, por 25 a 19. Consegui marcar muitos pontos, mas a maior pontuadora da partida foi a Alê. Fiquei muito orgulhosa dela. Ela chorou de alegria e toda a sua família vibrou na arquibancada, especialmente o irmão mais novo. A Alê é um ídolo para ele. Ele é uma gracinha e, aos 10 anos de idade, também sonha em ser atleta.

Começamos o campeonato muito bem! E o Augusto parecia feliz e satisfeito.

– Eu sabia que esse seria o resultado, meninas! – ele vibrava. – O CSJ Teen mostrou raça. Vocês foram incríveis, parabéns.

– Você jogou muito bem, Samara – elogiei sinceramente. – Sua agilidade nos bloqueios foi fundamental.

– Obrigada, Susana – ela sorriu, mas fez uma cara estranha, como se não acreditasse na sinceridade do meu elogio. Bom, mas aí já era problema dela. Não é porque ela implica comigo que não posso enxergar suas qualidades.

– As meninas do Manauara são muito boas, viu? – cansada, a Mariane se jogou no chão, fingindo desmaiar. – A gente pode ter vencido, mas elas não entregaram o jogo pra gente, não.

– Foi um belo jogo – o Augusto continuou. – Elas foram guerreiras. E foi isso que tornou o jogo ainda melhor. Elas foram atrás de cada ponto, mas vocês também. Bom, por hoje é tudo. Parabéns a todas, mais uma vez. Sei que as famílias estão loucas para abraçar vocês. Estão liberadas.

Seguimos para o vestiário, e a ducha do ginásio era sensacional. Pude sentir a água levando todo o cansaço e o estresse do jogo. Quando saí do vestiário, vi o pessoal me esperando perto de um dos portões da saída.

– Parabéns, filha! – minha mãe me abraçou e abriu um sorriso enorme. – Estou muito orgulhosa. Você sabe que não entendo muito de vôlei, mas era como se eu saltasse com você. E esse negócio de se jogar no chão? Nossa. Parecia que meu coração ia sair pela boca. Como está o tornozelo?

– Obrigada, mãe! Você não imagina como eu tô feliz por você ter vindo. Está tudo bem, não está doendo.

— Se precisar de fisioterapia, pode contar comigo – foi a vez de o Léo me abraçar. – Se bem que a equipe técnica do time é fera – ele me segurou pelos ombros e sorriu.

— Obrigada por ter vindo – sorri de volta e olhei para a Marina. – Que bom que você também veio.

— Parabéns, Susana! – Ela me deu um beijo no rosto. – Fiquei cansada só de te ver jogar. Você deve estar exausta.

— Mas não tão exausta a ponto de não ir comer a nossa tradicional pizza, né? – a Aninha me abraçou. – Estou morrendo de fome!

— Mas é claro que está! – quase todo mundo falou ao mesmo tempo e ela corou de vergonha.

— Será que mais dois podem se juntar a essa pizza?

Olhei para trás e vi o Anderson chegando com a Rafaela.

— Filho, não sabia que você estava aqui também – minha mãe ficou surpresa.

— Chegamos atrasados e não conseguimos lugar perto de vocês. Mas torcemos o tempo todo. – Ele puxou a Rafa pela mão – Essa é a Rafaela, minha namorada.

Todo mundo sorriu para ela, especialmente minha mãe, que a via pessoalmente pela primeira vez. Ela sabia do namoro, mas só tinha visto fotos da Rafa e não entendia por que ele ainda não tinha levado a namorada em casa. Meu irmão, com toda essa timidez, só teve coragem de levá-la na minha estreia como chef na casa número dois. Eu já tinha dito que ele precisava apresentá-la para a mamãe também, mas ele vivia adiando. Situação quase imperdoável, mas ele é esquisito. Um pouquinho mais legal do que antes, mas ainda assim esquisito.

— Então, gente... – eu quis interromper aquela troca de olhares constrangedora. – Vamos mandar ver na pizza ou não? Hoje eu posso comemorar e comer umas besteirinhas. Preciso aproveitar.

Era muita gente em uma única pizzaria. A Aninha tinha feito reserva, mas precisamos acrescentar mais alguns lugares. Além da Marina, do Anderson e da Rafa, que a Aninha não tinha contado na hora da reserva, minha avó foi para lá também. Não conseguimos uma única mesa para todos, então os garçons dispuseram duas mesas paralelas e eu ia

Primeiras batalhas

me revezando entre elas. Tirei fotos com todo mundo e mandei para o Edu.

> Ganhamos o jogo! Foi incrível. Só faltou vc aqui. Boa sorte no show, vai ser um sucesso como sempre. Bjos cheios de saudade

E foi a primeira vez que pude conversar mais com a Marina. Ela era um doce de pessoa. Mas eu senti uma pontinha de ciúmes, e não consegui entender por quê. Ela também conversava animadamente com meu irmão e minha mãe. Alguns assuntos faziam parte do "mundo dos adultos": a melhor seguradora de automóveis, a taxa de juros do cheque especial ou o curso de especialização que ela queria muito fazer assim que terminasse a faculdade. Eu me senti completamente infantil, fora de contexto. E me lembrei de parte da conversa que tive com a Ingrid. Que, apesar de a diferença de idade ser pequena, pertencíamos a realidades distintas. Logo aqueles assuntos fariam parte da minha rotina, mas parecia que era em um futuro distante.

Eu tinha dado um grande passo. Havia me esforçado ao máximo e conseguido vencer um jogo importante. Todos estavam ali para comemorar minha vitória. Mas, quando me comparei com a Marina, me senti como uma garotinha de cinco anos perdida no shopping.

Tentei afastar os pensamentos e me juntei às meninas. Minha bolsa tinha ficado perto delas e ouvi o sinal de mensagem do meu celular.

> Minha atleta favorita, parabéns! Tô muito orgulhoso de você. Como eu disse no meu show de estreia, é só olhar para as estrelas. Eu sempre vou estar com vc. Descanse bastante. É só a primeira das muitas batalhas que você vai vencer.
> Bjos

— Hum, deixa eu adivinhar... — a Ingrid fez uma cara engraçada. — Pelo jeito de boba apaixonada, só pode ser mensagem do Edu.

— Acertou! — fiz uma careta e mandei beijinhos para o celular.

— Quando ele volta para o Rio, Susana? — o Caíque perguntou. — Ele está competindo com seu pai pra ver quem voa mais?

— Olha, Caíque... — eu ri — pelo visto sim, viu? Quando eu acho que ele vai ter folga na agenda, mais uma cidade aparece confirmada.

— Vai ser uma pena se ele não estiver aqui no lançamento do meu livro... — a Aninha lamentou.

— Falta pouco! — a Mari bateu palminhas. — Menos de um mês. E aí, como estão as coisas?

— A editora já me avisou que o material foi para a gráfica — a Aninha torceu as mãos de ansiedade. — Não vejo a hora de ter meu livrinho nas mãos.

— Eu adoro cheiro de livro novo — foi a vez do Igor de falar. — Pareço doido nas livrarias, folheando e enfiando o nariz nos livros.

— Muita gente tem esse vício — a Aninha riu. — E eu sou uma delas! Imagina só como eu vou cheirar meu próprio livro.

— Cada um com seu vício maluco! — a Mari debochou dos dois. — Prefiro ser viciada em chocolate mesmo.

— E, por falar em chocolate... — dei uma olhada na bandeja do garçom. — Tá vindo uma pizza de chocolate com morango, gente.

— Oba! — a Mari acenou de forma tão maluca para o garçom que ele não conseguiu conter o riso. — Manda logo essa delícia pra cá, moço!

**

Não tivemos muito tempo para descansar do primeiro jogo. O próximo desafio foi marcado para a semana seguinte. Mas, infelizmente, em um horário péssimo: às onze horas da manhã em uma quinta-feira. Ou seja, quase ninguém pôde ir, e eu ainda tive que faltar às aulas do CEM.

— Meninas, sei que o horário não é nada bom, que vocês vão sentir falta do apoio de amigos e familiares, mas não podemos deixar isso nos afetar — o Augusto disse. — Vamos manter o foco no jogo.

Primeiras batalhas

E foi o que fizemos. Cada cortada ou saque fazia um eco enorme no ginásio quase vazio. Dessa vez o jogo foi contra o Atleticano. Nós vencemos os três primeiros sets. O jogo foi muito mais fácil dessa vez e estranhamos o resultado, com uma diferença de aproximadamente dez pontos em cada um dos sets. Afinal de contas, era um time bem mais antigo, conhecido e experiente.

– Eu não acredito que vocês estão se lamentando por ter vencido – o Augusto colocou as mãos na cintura e fez uma cara tão engraçada que todas caímos na gargalhada.

– Nós não estamos lamentando... – a Cláudia foi a primeira a falar. – É que a gente esperava certa dificuldade. Afinal, elas têm mais experiência que a gente.

– Sim, Cláudia, você está certa. Elas têm mais experiência em quadra que vocês, mas isso não significa qualidade de jogo. Isso vocês têm.

– A gente só não pode ficar achando que foi uma vitória fácil e relaxar – foi a vez da Samara. – Ainda temos um jogo classificatório importante.

– Com certeza, Samara – o Augusto concordou. – A vitória contra o Manauara foi tão suada que vocês estranharam a facilidade do jogo com o Atleticano. Esse sentimento é normal.

– Eu acho que jogamos muito bem! – defendi o time. – Vamos confiar mais no nosso potencial, meninas. Ganhamos porque treinamos duro para isso.

– Muito bem, Susana! – a Alê aplaudiu. – Somos incríveis!

O próximo jogo seria no último domingo de outubro. Teríamos mais alguns dias para treinar e descansar. O adversário dessa vez seria o Botafogo. Esse, sim, seria um jogo difícil! Esse time foi campeão várias vezes e seria a nossa prova de fogo. Mas resolvi não esquentar a cabeça antes da hora. Combinamos que continuaríamos empenhadas nos treinos, mas sem deixar de nos divertir para espantar o estresse e a ansiedade.

Aquelas tinham sido apenas as primeiras batalhas. Muitas outras estavam por vir. A cada dia eu tinha mais certeza do que havia escolhido para minha vida. Não tinha sido uma escolha fácil. Mas, quando é a que nos faz sorrir sozinhas só de lembrar, não tem erro. Nenhuma dificuldade é capaz de nos tirar essa certeza.

Olhei para a foto da equipe que o Augusto tinha postado na página do time. Eu estava muito orgulhosa. Não só de mim, mas de cada uma das garotas. Que venham os próximos desafios!

13
Carinho retribuído

Eu nunca tinha ficado tão feliz por ter chegado um sábado. Eu precisava muito descansar. O Edu tinha um show em Manaus, não poderia estar mais longe de mim. Então a programação era mandar ver nos episódios de *Once Upon a Time* e tirar vários cochilos ao longo do dia para repor as energias.

Depois do café, liguei o notebook e acessei minha conta no Facebook. Encontrei um post bem estranho da Ingrid.

> Ah, se a gente pudesse proteger todo mundo que a gente ama! –
> se sentindo de coração partido.

Eu ia comentar, mas nem perdi tempo. Liguei logo para saber o que estava acontecendo:

– Alô, Ingrid? Acabei de ver seu post. O que aconteceu?

– Ah, Susana... Estou preocupada com o Léo.

– O que aconteceu com ele?!

– Você acredita que a clínica em que ele fazia estágio fechou? Ontem, antes de eu ir dormir, a gente se falou por telefone e ele me contou a bomba. O Léo estava arrasado, não só por ele, mas pelos amigos também.

– Como assim, fecham uma clínica de uma hora para outra? – fiquei chocada.

– Os donos avisaram todo mundo no último instante. Achei uma tremenda falta de respeito. Mais de cinquenta pessoas perderam o emprego. Tentei falar com ele hoje de novo, mas o celular está desligado. Liguei na casa dele e a Sílvia disse que ele saiu cedo e até agora não voltou. Quando ele tá chateado, sai e fica horas sem dar notícias.

– Ele deve ter ido ver a Marina. Ele está de cabeça quente e foi namorar um pouco. Logo ele arruma outro estágio, fica calma.

– Eu sei... – o tom de voz dela era de cortar o coração. – Eu queria dar um abraço nele, mas não consegui vê-lo até agora.

– Logo ele vai aparecer. Acenda um dos seus incensos e pense positivo. Logo você vai se sentir melhor. Beijos!

Coloquei um dos DVDs para assistir, mas quem disse que eu consegui prestar atenção em alguma coisa? De repente uma luz se acendeu na minha cabeça. Claro! O Forte de Copacabana! Não é pra lá que ele vai todas as vezes que tem um problema?

Liguei para o celular do Léo. Desligado. Desisti de ver a série e desliguei tudo. Troquei de roupa decidida a ir até lá, mesmo correndo o risco de dar tudo errado. Pensei em avisar a Ingrid, mas achei que pudesse preocupá-la ainda mais. Peguei o metrô para chegar mais rápido.

Paguei a entrada do forte e, com o coração aos pulos, me dirigi para a cúpula dos canhões. Só que no meio do caminho reconheci o Léo sentado em um banco perto da mureta que dá para a praia de Copacabana. Ele estava de óculos escuros, sentado sob a sombra de uma árvore.

– Será que posso me sentar com você? – falei baixinho.

Ele olhou para o lado e tomou um susto. Então tirou os óculos e me encarou, daquele jeito que só ele sabe fazer, abrindo um sorriso enorme e ficando de pé para me abraçar.

– Que surpresa! – ele disse. – Não esperava te encontrar aqui.

– Na verdade, eu não tinha programado vir aqui hoje. Vim só por sua causa.

Ele me olhou constrangido, abriu a boca como se fosse falar algo, mas não emitiu nenhum som. Nós dois nos sentamos.

Carinho retribuído

— A Ingrid me contou sobre o estágio. Ela disse que você estava chateado, então imaginei que estaria aqui, no seu lugar de meditação. Ninguém consegue falar no seu celular. Decidi arriscar e deu certo. Ainda bem que te achei.

— O sol tá muito forte e não consegui ficar perto da cúpula. Estou surpreso que tenha vindo aqui me procurar.

— Por que essa surpresa toda?

Ele não respondeu. Pendurou os óculos na gola da camisa e encarou o mar por uns instantes. Depois se virou para mim.

— Eu estava muito chateado. Ainda estou. Não é pela questão financeira. Meus pais me ajudam, pagam a minha faculdade. Disso não posso reclamar. É pelo trabalho, pelos pacientes que ajudei, pelo tanto de coisas que aprendi. É disso que vou sentir falta.

— A CSJ Teen tem convênio com uma clínica em Botafogo. Fui lá tantas vezes nos últimos meses por causa das contusões que até já fiz amizade com o pessoal. Se quiser, posso encaminhar seu currículo.

— Não, imagina. Não vou te ocupar com os meus problemas.

— Léo, você já se ocupou dos meus, lembra? O que custa tentar retribuir um pouquinho? Isso ia me fazer feliz.

Ele voltou a me encarar. Quando ele faz isso, minha alma toda congela.

— Tudo bem, então – ele sorriu. – Só porque vai te deixar feliz.

— Se os dois ficarem felizes, melhor ainda! – dei uma piscadinha para ele e olhei para o mar. – Daqui a vista também é sensacional.

— Agora tá batendo a maior fome – ele riu. – Qual vai ser o cardápio dessa vez?

— A corridinha do metrô até aqui consumiu mesmo todo o meu café da manhã – brinquei.

— A confeitaria do forte está cheia, tem até lista de espera. Como já está quase na hora do almoço... Você gosta de hambúrguer?

— E quem não gosta?

— Posso te levar para almoçar?

— Por favor! – eu ri.

– Você vai comer o melhor hambúrguer com batata frita da cidade – ele se levantou e me estendeu a mão.

– Eu só preciso avisar em casa antes. E você, por favor, ligue para a Ingrid. Ela estava preocupada.

– Vou fazer isso agora – ele sorriu, tirando o celular do bolso.

Por um milagre, o trânsito estava bom e logo chegamos à Lagoa. Reconheci o quiosque de uma foto com a Marina. Naquele momento, eu até poderia comentar alguma coisa ou perguntar sobre ela, mas não quis. O nome do Edu também não foi mencionado. Não que eu tenha me esquecido dele. Mas senti que devia viver coisas só minhas.

Enquanto esperávamos nossos hambúrgueres, falamos da nossa infância. Eu, uma garota totalmente urbana, enquanto ele tinha muitas histórias engraçadas de acampamentos, pescarias e trilhas. O mais próximo disso que fiz foi subir o morro do Forte do Leme nas férias. É muito bom conversar com pessoas com histórias diferentes das nossas. Eu estava enxergando coisas novas pelos olhos do Léo. Ele também falou do Carlinhos, seu irmão mais novo. Os exames mais recentes mostraram que ele estava curado da leucemia. Era uma vitória e tanto.

Realmente aquele era o melhor hambúrguer que eu já tinha comido na vida! E a companhia, a mais divertida de todas. Não demoramos muito, pois ele tinha um compromisso com a Marina. Assim que entrei em casa, me deparei com um bilhetinho da mamãe.

Susana, seu pai ligou. Ele não conseguiu falar no seu celular. E, pelo bilhete, deu pra perceber que eu também não. Surgiu uma folga e ele perguntou se você não quer ir para lá. Estou indo encontrar umas amigas. Avise assim que ler este recado. E, afinal de contas, qual é a sua história com o Léo? Fiquei curiosa.
Beijos, sua mãe

Procurei o celular na bolsa e vi que estava descarregado. Eu esqueci completamente de ver se tinha bateria suficiente antes de sair. Enquanto o aparelho carregava, liguei do fixo para tranquilizar meus pais. Meu plano inicial de não fazer nada no fim de semana tinha falhado. Ajeitei algumas roupas na mochila, peguei o notebook e fui para minha segunda casa. Já era bem tarde quando recebi uma mensagem. Era do Léo.

> Senhorita, enviei meu currículo para o seu e-mail. Boa sorte pra mim, né? Hahaha. Bom domingo. Bjos

Acho engraçada essa mania dele de me chamar de "senhorita". Como eu já tinha adicionado metade dos fisioterapeutas da clínica no Facebook, enviei o currículo do Léo por mensagem privada mesmo. O certo seria mandar para o e-mail do responsável, mas, como já tínhamos amizade, eles não se importaram. O Thomás foi o primeiro a responder e disse que ia ajudar. E, sempre que alguém indica, as chances aumentam.

Passei o resto do fim de semana testando receitas com meu pai. Preparei estrogonofe com arroz e bolo de chocolate. Resultado: o bolo solou e o arroz ficou meio duro. Mas, de resto, ficou tudo nota 6. "Com a prática você pega o jeito!", meu pai brincou, enquanto fazia uma careta depois de dar uma mordida no bolo solado.

Na segunda-feira, fui para o CEM direto da minha casa número dois. Assim que entrei na classe, a Ingrid veio falar comigo:

– O Léo disse que você ia ajudá-lo a conseguir outro estágio. Obrigada, amiga – ela sorriu, mas seu olhar estava esquisito.

– Chegou minha hora de retribuir. Ele foi tão legal comigo. Mas por que você está com essa carinha? O que foi?

– Estou preocupada com vocês dois. Só isso – ela suspirou.

– Não há nada com o que se preocupar, Ingrid. Nós só nos tornamos bons amigos. Seu irmão é ótimo. Eu me sinto muito bem ao lado dele.

– É justamente o que me preocupa. Vocês se sentem bem demais na companhia um do outro. Como eu estou arrependida de ter contado que ele gosta de você...

– Arrependida? Por quê?

– Estou vendo que alguém vai acabar saindo machucado dessa história. Ou os dois.

– Você tá se preocupando à toa. Cadê minha amiga expert em pensamentos positivos? – brinquei, mas tensa.

À noite, quando cheguei em casa, duas surpresas: flores lindamente dispostas sobre a mesa da sala e a minha mãe assistindo à TV. Ainda preciso me acostumar com a nova versão caseira dela.

– Que arranjo lindo! – Cheirei as flores. – Que boa ideia enfeitar a casa com elas.

Ela sorriu, se levantou do sofá e parou ao meu lado, admirando o arranjo.

– Você está certa. A casa ganhou um brilho, ficou muito mais bonita. – Ela passou os dedos sobre as pétalas delicadas. – Mas eu não comprei. São suas.

– Minhas?! – me espantei. – Como assim?

Desconfiada, peguei o pequeno envelope sobre a mesa. Quando terminei de ler o cartão, precisei me apoiar na cadeira, tamanho foi o susto que tomei.

Susana,
O pessoal da clínica me chamou para uma entrevista. Começo o estágio em dois dias. Você é incrível. E poderosa. Nunca vi contratação mais rápida. Obrigado de verdade.
Beijos,
Léo

Fiquei olhando para o cartão, boquiaberta. Meus olhos iam das flores para ele e dele para as flores, até que a minha mãe interrompeu meu estado catatônico:

– O que está acontecendo entre vocês dois, Susana? – ela continuava sorrindo, talvez por causa da minha cara de boba, mas seu tom era de preocupação.

Carinho retribuído

— Vou te contar tudo. Senta aqui comigo, mãe.

Acho que pela primeira vez tive a conversa mais franca e sincera do mundo com ela. Ela concordava com a cabeça, mas seu olhar estava diferente. Como se me enxergasse com clareza pela primeira vez.

— Que história! – ela levou a mão ao peito. – Parece até novela.

— Verdade – eu ri.

— Você está gostando desse rapaz, não está?

Eu engasguei com a pergunta tão direta.

— Não vou negar que me sinto bem ao lado dele. Talvez eu esteja confusa por causa da saudade do Edu. Tá muito difícil ficar longe dele.

— Ahhhh, meu bebê cresceu tão depressa! – ela ajeitou uma mecha dos meus cabelos atrás da orelha. – Até outro dia você ficava louca numa papelaria, querendo uma caixa com trinta e seis cores de lápis de cor e cartelas de adesivos.

— Essa parte ainda não mudou muito... – Tive que rir.

– Mulheres geralmente ficam meio malucas em papelarias, né? – Ela caiu na gargalhada, para depois voltar ao assunto. – Quando o coração está envolvido... – ela suspirou e não acabou a frase. – Gostei da sua iniciativa de ajudar o Leonardo com o estágio. Afinal, ele também te ajudou a conseguir um trabalho. Você retribuiu, mesmo que ele não saiba.

– Ele estava bastante chateado. Eu estava meio mal naquela época e ele me ajudou. Fiz o mesmo. Que bom que deu certo. Fiquei muito feliz que ele tenha conseguido o estágio. Foi tudo muito rápido, também fiquei surpresa.

– Eu acharia essa história ainda mais incrível se você não tivesse 15 anos.

– Por quê, mãe? Não entendi.

– Esse rapaz tem se mostrado amigo. Gostei de conversar com ele no dia da pizzaria, depois do jogo. E o que mais me tranquiliza nisso tudo é que ele respeita você. Ele tem um ótimo caráter. Fiquei fã dele! – riu. – Em outras circunstâncias eu até apoiaria o namoro. Você ficou impressionada com o que soube em um momento de carência. A ajuda que ele te deu, o fato de ter um carinho especial e platônico por você. Pode ser que você esteja mesmo confundindo as coisas e com a possibilidade de estragar uma amizade tão bonita.

– Eu não quero estragar nada. A Ingrid disse a mesma coisa hoje.

– Ela deve estar enxergando da mesma forma que eu. Seja amiga do Léo. Mas não ultrapasse limites.

– Entendi. E eu nunca faria nada de errado. Sou apaixonada pelo Edu. Mas também gosto do Léo de um jeito muito especial. Eu ia ficar muito triste se tivesse que me afastar dele.

– Logo a turnê do Eduardo termina e ele vai ficar mais disponível. Pensa quantas vezes seu pai reclamou de não conseguir falar ou acessar a internet nas viagens? Eu entendo que você possa estar insegura com todo o assédio, mas ele gosta de você. Dedicar uma música para a namorada na frente de dez mil pessoas não é pouca coisa.

– Eu sei. – Senti meus olhos pinicarem e uma lágrima escorreu por minha bochecha. Toda aquela conversa com a minha mãe tinha me emocionado e não percebi que estava chorando. – Muito obrigada.

– Você está chorando, filha? – ela riu, mas de um jeito acolhedor. – Venha até aqui. Vamos para o sofá para você deitar a cabeça no meu colo, como fazia quando era criança.

Atendi a sugestão na hora. Enquanto ela acariciava meus cabelos, senti uma paz enorme. Depois de uns dez minutos no mais completo silêncio, ela falou algo surpreendente:

– Eu estava pensando em tudo o que você me contou e bateu uma saudade dessa época de frio na barriga, expectativas, convites para sair, mãos suadas... Acho que não sei mais namorar. Será que você vai ter que me ensinar? Bem, isso se eu tiver coragem de perguntar alguma coisa. Só de falar já bateu vergonha.

– Hahaha! Dizem que é como andar de bicicleta, mãe. A gente nunca esquece.

– E quem disse que eu já soube andar de bicicleta direito? Pergunte para sua avó.

Levantei do colo dela.

– O Anderson disse que você saiu para almoçar com um representante e que voltou toda alegrinha.

– O Anderson disse o quê? – ela riu. – Eu não conhecia essa versão fofoqueira dele.

– E então... Qual é a desse cara?

– *Qual é a desse cara?* – ela me imitou. – Nada. Absolutamente nada. Almoços de negócios são mais do que comuns, Susana. Seu irmão viu coisas que não existem.

– Você não está interessada nele?

– Não estou interessada nele nem em homem nenhum por enquanto.

– Você vai me contar quando isso acontecer?

– Prometo que sim. Mas já adianto que essa conversa vai demorar – ela riu. – Mas que coisa! Como se já não bastasse minhas amigas me pressionando... Não gosto de forçar nada. Elas vivem querendo me apresentar para amigos solteiros ou me perturbando para eu me cadastrar em um desses sites de relacionamento. Se um dia um homem interessante aparecer, ótimo. Senão, quero ficar quietinha no meu canto. Preciso me acostumar com a minha nova vida. Prefiro ficar sozinha por enquanto.

– Tudo bem. Não force nada com ninguém porque pode se sentir sozinha – falei. – Você pode acabar se machucando.

– Humm. Acho que nossos papéis estão invertidos agora. Você tem razão.

– E, por falar nisso, você devia conversar mais com a vovó. Ela é uma ótima conselheira.

– É verdade. Vou passar lá uma hora dessas. Mas em um dia que seu pai não esteja. Não tem nada de mais, só não quero vê-lo agora, dar de cara com ele no elevador.

– Eu entendo. Agora que você tem mais tempo livre, aproveite para comer as delícias da vovó. Ela está sempre inventando uma receita nova.

– Obrigada por ter confiado em mim e contado a história do Leonardo, Susana. Eu entendo que sou meio fechada, mandona, mas estou tentando mudar. E confesso que estou gostando.

– O importante é que você fique feliz com as mudanças. Porque eu estou.

– Jura? Bom, vou continuar assim então! – Ela beijou meus cabelos. – Vou dar uma olhada no que tem de bom para a gente jantar. Vá tirar esse uniforme. Já passou da hora.

Fui para o quarto achando o maior barato essa minha nova fase com a mamãe. Na contramão dos divórcios que eu tinha acompanhado, esse tinha feito um bem danado para ela. Minha mãe estava se tornando uma pessoa muito melhor. Mudanças que em um primeiro momento parecem drásticas podem se tornar positivas.

Antes de tirar o uniforme, voltei até a sala, fotografei o arranjo e enviei uma mensagem para o Léo.

> Parabéns! Que bom que deu td certo. Boa sorte no novo trabalho. Obrigada pelas flores, são lindas. Bjos

14
Gláucia

Meta da penúltima quinta-feira de outubro: comprar dois vestidos! Um mais descoladinho, para o lançamento do livro da Aninha, e outro um pouco mais chique, para o casamento da avó dela. Quando vimos que o shopping entraria em liquidação, com descontos de até setenta por cento, combinamos de nos encontrar às seis e meia da tarde na porta da Dresses Co, a loja mais maravilhosa de todas e que fazia nossos olhinhos brilharem. Os vestidos lá são muito caros, e essa liquidação é a mais esperada do ano. A Ingrid não cabia em si de tanta felicidade, ela é a que mais ama vestido. E eles eram muito lindos! Várias cores e modelos. Ficamos algumas horas lá dentro e deixamos as pobres vendedoras loucas. Mas, no fim das contas, depois de uma longa disputa com outras clientes vorazes, conseguimos comprar!

Como sempre fazemos nas nossas idas ao shopping, lanchamos na praça de alimentação. Entre fofocas e hambúrgueres, nem nos demos conta de que o shopping já ia fechar. Exaustos, os funcionários mais que depressa recolhiam bandejas e colocavam as cadeiras sobre as mesas. Estávamos praticamente sendo expulsas. Mas a Mari tinha se sujado de mostarda, então tivemos que dar uma passadinha no banheiro antes de sair.

— Nossa, meninas, tô tão ansiosa para esse casamento – a Ingrid falou depois de admirar o vestido na sacola pela décima vez. – Ai, Deus! Preciso fazer xixi. Imagina quando o meu dia chegar. Será que vou ter que usar fraldas no dia do meu próprio casamento?

Ficamos ajeitando os cabelos em frente ao grande espelho. Não deu nem um minuto e chegou uma mensagem da Ingrid no nosso grupo no celular.

> **Ingrid**
> Acabou o papel! Ninguém merece! Não quero berrar. Alguém me passa um pedaço por debaixo da porta? Tô na terceira cabine.

Eu me ofereci para a "grande missão". Assim que passei pela segunda cabine, um objeto escorregou dali de dentro até o meio do corredor. Bati à porta do cubículo que a Ingrid indicou e, depois da resposta afirmativa dela, passei o papel por debaixo da porta. Curiosa, voltei pelo corredor até o tal objeto. A princípio pensei que fosse um termômetro, mas era diferente. Até que a Mari e a Aninha se aproximaram, também curiosas, para saber o que eu tinha apanhado no chão. A Aninha piscou sem parar e cochichou:

— É um teste de gravidez, daqueles de farmácia. Pelo visto deu negativo.

— Eu peguei uma coisa com xixi dos outros? – Senti um arrepio de tanto nojo e larguei o treco no mesmo lugar de onde havia apanhado, correndo para lavar as mãos logo em seguida.

— Tá sabendo das coisas, hein, loira? – a Mari riu baixinho.

— Eu nunca fiz, se está querendo insinuar algo. – A Aninha fez uma careta para a Mari, que devolveu outra. – Assisti a um documentário na TV a cabo sobre gravidez na adolescência e eles explicavam como usar esses testes de farmácia.

— Veio daquele banheiro ali – apontei.

A Ingrid finalmente saiu da cabine, lavou as mãos e veio ver o que a gente estava cochichando. Ela se abaixou um pouco e viu que ainda tinha alguém dentro do segundo banheiro.

– Sapatilha cor-de-rosa, muito fofa por sinal.

– Não acredito que você espiou, Ingrid! – a Aninha colocou a mão no rosto. – Que vergonha alheia.

– Ah, nem vem, meninas! – ela fez bico. – Vocês não estão curiosas? Eu vou bater na porta. Afinal, seja lá quem for, deve estar precisando de ajuda.

– Não! – gritamos em coro e, no mesmo instante, nós quatro tampamos a boca com a mão.

– A pessoa deve estar constrangida – voltei a cochichar. – Vamos embora daqui pra que ela possa sair.

– A gente finge que saiu! – a Mari retorcia as mãos. – Não vou me aguentar de curiosidade.

– Vocês são loucas – tive que rir. – A gente fica ali perto dos espelhos no hall de entrada, se querem tanto ver.

– Está parecendo cena de livro de suspense... – A Aninha concordou em ficar de olho pra ver quem era a dona do teste de gravidez.

Contamos cinco minutos e nada de ela sair. Já estávamos quase desistindo quando a porta abriu. Beeeem devagar. E para nossa surpresa a dona das sapatilhas cor-de-rosa, e que estava com os olhos inchados de tanto chorar, era a Gláucia. A Aninha ficou parecendo uma boneca de cera. Claro que o mesmo pensamento passou pela cabeça de todo mundo: *A Gláucia achou que estava grávida do Guiga?*

Ficamos feito quatro estátuas olhando para a Gláucia. Ela nos viu assim que abaixou para pegar o exame no chão. Arregalou os olhos, apavorada por ter sido descoberta. Então voltou rápido para a cabine e se trancou de novo. A Aninha caminhou até a porta do cubículo e bateu.

– Gláucia, por favor, abre.

– Sai daqui, sua loira azeda! – a voz dela era de choro.

– Não adianta tentar me ofender – a expressão da Aninha era de real preocupação. – Você não pode ficar trancada aí para sempre. Daqui a pouco algum funcionário do shopping vai pedir pra gente sair. Somos as únicas aqui dentro e já passou da hora de fechar. Vem conversar com a gente, por favor.

– Não! – ela gritou, furiosa. – Vocês vão rir de mim. Você quer fazer uma matéria sobre isso para o jornal da escola? Vai contar pra todo mundo?

– É claro que a Aninha não vai fazer isso, Gláucia – foi a vez da Ingrid de falar. Ela se aproximou da cabine. – A gente só quer ajudar.

Ficamos olhando para a porta cheias de expectativa. Ela ainda levou um minuto para abrir. Ela estava arrasada, com o rosto completamente vermelho, não sei se pelo choro ou de vergonha.

– Não tenho como fugir – ela deu de ombros. – Vocês não vão sair daqui.

– Meninas, o shopping já vai fechar – duas funcionárias da limpeza entraram determinadas no banheiro.

A Aninha tentou se aproximar da Gláucia, mas ela deu um passo para trás, esbarrando na porta do banheiro.

– Minha casa é quase aqui do lado – a Aninha falou. – Vamos até lá. É melhor você não ir para sua casa agora.

A Gláucia passou a mão pelos cabelos e assentiu. Ela seguiu calada o caminho todo e só abriu a boca para dar boa-noite para a mãe e a avó da Aninha. Elas sorriram, mas estavam tão envolvidas com os convites do casamento que não fizeram nenhuma pergunta.

Entramos no quarto da Aninha, que ofereceu a cama para a Gláucia sentar. Ela se ajeitou ali e agarrou uma das almofadas. A gente se espalhou pelo quarto, esperando que ela contasse toda a história.

– Olha, Gláucia. Vou falar por todas nós – a Mari tentou encorajá-la. – Pode confiar na gente.

– Eu sei que você pode estar meio desconfortável por eu ser ex-namorada do Guiga, mas isso é mais um motivo para você confiar na gente – a Aninha sorriu para ela. – Ele anda meio afastado da turma, mas o carinho permanece.

A Gláucia respirou fundo, olhou para todas nós com uma expressão confusa e finalmente começou a falar.

– Aqui é o último lugar em que pensei que viesse parar hoje – ela sacudiu a cabeça, desolada, evitando nos encarar. – Eu sou louca pelo Guiga, ele é tudo o que eu tenho. Pensei que fosse perdê-lo e quase entrei em desespero. Achei que... digamos... – E parou de repente. Ela parecia realmente constrangida, o que me deu um aperto no coração. Acho que por uma questão de solidariedade feminina. – Eu achei que se ficássemos mais íntimos ele ia se apaixonar ainda mais por mim, mas não foi bem o que aconteceu – ela continuou. – Ele ficou empolgado no início, claro. Eu era virgem. Essa não é a maior prova de amor que uma mulher pode dar? – Ela soluçou e esfregou os olhos. – Depois ele foi esfriando. Até que achei que podia estar grávida. Ninguém naquela casa me dá atenção. Minha irmã me detesta, minha mãe só quer saber de viajar com o marido e minha madrasta me acha uma inútil. Quando eu vi que tinha dado negativo, fiquei tão aliviada que acabei derrubando a porcaria do teste. Aí vocês me acharam. Fim da história. Satisfeitas?

A gente olhava uma para a cara da outra, sem saber o que fazer. Quando nós brigamos, dias antes da final do *IPM*, fiquei arrasada. Eu me coloquei no lugar dela e tentei imaginar a solidão que ela estava sentindo. Bom, pelo menos era isso o que ela demonstrava, já que tinha ido fazer um teste de tamanha importância escondida em um banheiro de shopping.

– Eu entendo o que você fez, Gláucia, mas o amor de verdade não exige provas. Ou se ama, ou não se ama – a Ingrid falou com sua voz doce. – Essa é a minha opinião. Não queremos te julgar.

– O Guiga sabe disso? – a Aninha perguntou em um fiapo de voz. – Ele sabe da sua suspeita?

– Ele nem sonha – ela deu uma risada triste.

– Mas ele foi muito irresponsável! – a Mari estava nervosa e ficou em pé.

– Nós dois fomos irresponsáveis, Maria Rita – a Gláucia respondeu, séria.

– E você ainda defende o Guiga? – a Mari apontou, contrariada.

– Não é hora de soltar o velho "Não se irrita, Maria Rita"! – joguei uma almofada nela. – Estamos aqui para ajudar a Gláucia, não estamos em tribunal.

– Desculpa – a Mari se sentou no chão novamente. – Desculpa, Gláucia.

– Tudo bem... – a Gláucia deu de ombros.

– Eu assisti a uma parte do documentário sobre gravidez na adolescência, Aninha – eu me virei para a Aninha, depois voltei a falar com a Gláucia: – O teste de farmácia deu negativo. Mas, pelo que eu me lembro, o teste é mais confiável se for feito logo de manhã. E ainda assim você precisa fazer um exame de sangue para ter certeza. Você tem um médico de confiança?

– Tenho, sim – ela suavizou o olhar, percebendo que todas nós estávamos mesmo querendo ajudar. – Marquei uma consulta para sábado de manhã, mas eu não estava aguentando de ansiedade.

– Você fez muito bem de ter marcado a consulta – a Mari estava mais calma. – Olha, eu fiquei nervosa e acabei me exaltando, mas o Guiga precisa saber disso.

– Eu vou contar – a expressão dela era bem triste. – Mas querem saber a minha opinião? Não vai adiantar nada. Acho que o nosso namoro não tem mais jeito.

Gláucia

– O namoro indo bem ou não, ele precisa saber – a Aninha foi carinhosa, porém firme. – Pelo que você disse, as coisas não são muito tranquilas na sua casa. Ser mãe na adolescência não é uma tarefa fácil, e sem apoio é ainda pior. E o Guiga precisa saber, para prestar mais atenção das próximas vezes. Não é só a questão da gravidez, entende? O nascimento de uma criança é uma bênção. Estou falando de doenças sexualmente transmissíveis às quais vocês dois ficaram expostos.

– É... Aprendi a lição com um susto danado – ela riu.

– Gláucia... – foi a vez da Ingrid de falar. – Você deve saber que sou voluntária em uma ONG, e o meu principal trabalho lá é de recreação com as crianças. Cuidar de uma criança não é nada fácil. É preciso muito amor e dedicação. Pode ser que um dia você queira ter uma ou mais. Mas é preciso planejar essas coisas.

– Vocês são legais... – a Gláucia fez bico, parecendo meio contrariada com a constatação. A gente riu.

Então o celular dela tocou e, ao olhar o visor, ela fez uma expressão de surpresa.

– Oi, pai! – ela esboçou um sorriso. – Tô na casa de uma amiga – ela voltou o olhar para a Aninha e corou. – Já tô indo embora. Vou pegar um táxi, pode ficar tranquilo. Um beijo.

– Vou chamar um táxi pra você – a Aninha pegou o celular.

– Desculpem por tudo o que aconteceu hoje – a Gláucia ficou de pé. – Mesmo eu dando meia dúzia de foras, vocês ainda quiseram me ajudar. Obrigada pelo apoio.

– Pode contar com a gente! – fiz um carinho em seu ombro e ela não se esquivou. Foi um progresso! – E fique tranquila, seu segredo está bem guardado.

– Isso mesmo! – a Ingrid sorriu. – Estamos aqui para o que precisar.

– O seu carro é o sessenta e cinco e vai estar aqui em três minutos – a Aninha desligou o celular e se aproximou. – Você está bem? Não quer que a gente te acompanhe até em casa?

– Não, não precisa! – ela recusou a oferta. – Mas posso te pedir uma coisa?

– Sim, o quê? – a Aninha perguntou, curiosa.

– Posso te dar um abraço?

Aquele sim foi um pedido inusitado! A Aninha sorriu e aceitou o abraço. Logo em seguida estávamos todas chorando.

Assim que a Gláucia foi embora, ficamos nos encarando, mudas. Logo a gente que adora falar. Só abrimos a boca novamente quando, para variar, a Mari soltou uma de suas pérolas:

– Gente do céu! O banheiro do shopping nunca mais vai ser o mesmo.

Como se lêssemos o pensamento uma da outra, imediatamente começamos uma guerra de travesseiros em cima da Mari.

– Isso é covardia! – ela gargalhava. – Isso é covardia!

Depois de muita risada, retomamos o assunto:

– Eu proponho que depois de hoje a gente tente dar mais atenção pra ela – a Ingrid sugeriu. – A Gláucia me pareceu muito sozinha. Vai ver que o jeito estranho dela é por não ter amigas.

– Ela só tem o Guiga e pronto. Ela parece ser muito carente – a Mari agarrou uma das almofadas. – Não ter amigos é muito triste.

– O papo está animadíssimo, mas... – a mãe da Aninha apareceu na porta. – Já passa das onze da noite. Vocês têm aula amanhã.

– Vamos arrumar tudo aqui antes, mãe – ela correu e deu um beijinho na mãe. – Prometemos não fazer muita bagunça.

As nossas mães só autorizaram a "festa do pijama" em plena quinta por causa da liquidação. Fizemos uma tremenda chantagem emocional, então teríamos que obedecer o toque de recolher.

No dia seguinte, no café da manhã, foi a maior correria para usar o banheiro. Mas até nisso a gente dava um jeito de se divertir. Quando chegamos ao CEM, a Gláucia não estava. Ela devia ter ficado com vergonha. Ou ainda estava chateada com toda a situação e preferiu não aparecer no colégio.

A tal consulta médica seria no dia seguinte. Teríamos que esperar... Eu realmente fiquei comovida com a história da Gláucia. Ela pode ter ficado brava por ter sido flagrada no banheiro do shopping, mas no fundo acho que uma parte dela gostou. Ela sentiu que podia confiar na gente. E, em um momento como aquele, encontrar uma oferta de amizade sincera não tem preço...

15
Uma visita mais do que inesperada!

E logo já era quarta-feira. Mal cheguei à CSJ Teen e recebi a bomba: a Samara tomara uma advertência e fora dispensada do treino.

– O que aconteceu, Camila? – Eu estava chocada com a notícia. A Samara é chata, implicante, mas é uma ótima jogadora. Essa advertência foi péssima para o time. Temos um jogo importantíssimo contra o Botafogo na sexta-feira!

– Ela chegou passando mal, vomitando. Até aí, tudo bem. Ninguém está livre de ficar doente... – a Camila começou a contar e me mostrou o celular. – O problema foi que ela apareceu nessas fotos. O Augusto viu, pressionou pra saber se ela tinha tomado alguma bebida alcoólica e a Samara confessou.

Dei uma olhada nas fotos. Parecia uma festa. A Samara estava com um copo na mão em todas elas.

– Vocês lembram daquela conversa que o Augusto teve com a gente, né? – foi a vez da Alê. – Parecia que ele estava prevendo.

– Talvez ele tenha alertado porque já vinha acompanhando na internet – falei. – Ele deve ter visto algum comportamento que foge às regras do time e alertou de forma geral, mas parece que a Samara não levou a sério. Nós temos direito de ter nossa vida particular. Mas representamos o time, a marca da CSJ Teen. E pega muito mal esse tipo de coisa na internet.

— Pior de tudo foi o Augusto ter pedido para a mãe dela vir conversar com ele pessoalmente. Ela trabalha aqui perto e estava no horário de almoço – a Mariane sussurrou, pois tinha mais gente no vestiário. – Ela saiu daqui com uma cara nada boa. Mas o que a Samara tem na cabeça, gente? Ela só tem 16 anos, não podia ter bebido desse jeito.

— Ela não podia ter bebido, ponto – a Alê respirou fundo. – É muita falta de responsabilidade.

Uma parte do treino foi diferente dos últimos dias. O Augusto apareceu com um vídeo de um jogo do Botafogo. Pudemos ver a atuação de cada jogadora, pontos fortes e fracos. Eu me senti uma verdadeira espiã. Depois nos dividimos em dois times e jogamos. O Augusto disse para a gente se divertir enquanto jogava. Foi como se ele dissesse: "Sei que todas estão estressadas, então relaxem um pouco". E foi bom mesmo. Nós nos divertimos muito e terminamos o treino como se tivéssemos saído de uma colônia de férias.

E as surpresas não acabaram por aí. Quando saio da CSJ Teen, dou de cara com quem? A Brenda Telles. Isso mesmo! A cabeluda dos olhos verdes em carne e osso. Ela estava usando um vestido preto justo que chamava atenção. Primeiro porque o vestido era divino. E, por mais que eu sinta ciúmes dela, preciso reconhecer que ela é linda e aquela roupa a valorizou ainda mais.

– Oi, Susana! Surpresa em me ver? – ela sorriu e me deu um beijo, como se fosse uma velha amiga.

– Brenda, não vou mentir... – tive que rir, não sei se da atitude espontânea dela ou do nervosismo que a visita surpresa tinha me provocado. – Eu realmente não esperava te encontrar aqui.

– Eu queria muito falar com você. Então tomei coragem e vim te esperar na saída. Fiquei sabendo que você treina aqui todos os dias e arrisquei. Você tem compromisso agora?

– Eu estava indo para casa. Não tenho nada marcado.

– Ótimo. Tem um café aqui perto, numa galeria. Não posso ficar andando por aí como antigamente, assim como o Edu. – Eu sei que quase todo mundo o chama de Edu, mas sabe quando bate aquela pontadinha no peito pelo excesso de intimidade? – Sou apaixonada por torta de limão e me disseram que a de lá é a melhor da cidade. A gente pode ir até lá conversar um pouco? Juro que não vou tomar muito seu tempo.

– Vamos, sim.

Pelo que eu me lembro, ela mora na Tijuca. Para vir até Botafogo me esperar na saída do treino, é porque devia ter algo realmente importante para me dizer. Não custava nada saber o que ela queria. Até porque eu estava curiosa demais. Principalmente depois dos olhares de espanto que a Alê, a Mariane e a Camila fizeram.

Tinha uma mesa bem no fundo do café e pedimos a mesma torta. Enquanto a garçonete buscava os nossos pedidos, a Brenda jogou os cabelos para o lado e deu um sorriso de comercial de creme dental.

– Fazia muito tempo que eu queria vir aqui, mas faltava coragem. Aliás, desde o fim do *Internet Pop Music* eu queria conversar com você sobre o Edu. Toda aquela fofoca da internet... Olha, Susana, não aconteceu nada. Eu juro! – Ela beijou os dedos cruzados.

– O Edu me contou. Ele me falou que você também tem namorado.

Tentei ser simpática, mas ao mesmo tempo queria fugir dali. Tudo bem, eu estava curiosa, mas ficar conversando sobre namoro com a garota que me deu tanta dor de cabeça era bem estranho. Só não fugi porque, quando vi aquela torta maravilhosa, fiquei paralisada. Na primeira garfada foi como se eu flutuasse. Uau, que delícia! Eu ando muito comilona. Essa tal Fada da Troca de Personalidades vive aprontando! Agora estou gulosa como a Aninha.

– Isso mesmo, eu tenho namorado! – ela falou alto, atraindo alguns olhares, e baixou o tom de voz em seguida, abafando a risadinha. – Eu namoro o Pedro, do meu colégio, já faz um tempão. – Ela me mostrou a foto de fundo do seu celular, os dois abraçados.

– Nossa, que olhos lindos ele tem – não pude deixar de comentar. Fingi que não tinha fuçado o perfil dela antes. – Aliás, vocês dois têm olhos verdes lindos.

– Eu sou apaixonada por ele desde o primeiro dia em que o vi no colégio – ela sorriu olhando a foto no celular antes de guardá-lo outra vez na bolsa. – Eu o chamei para vir comigo, mas ele achou que essa era uma missão só minha. Quem mais me incentivou a conversar com você foi a minha cunhada, a Thaís, namorada do meu irmão. Eu fiquei muito mal mesmo com esse falatório maldoso.

Eu sempre achei a Brenda meio forçada e metidinha. Mas ela não parecia estar mentindo nem forçando nada. Parecia mesmo sincera em querer esclarecer as coisas. E continuou falando, entre uma garfada e outra:

– O Edu é um cara muito legal. Você tem sorte – ela fez um carinho no meu braço. Ela é do tipo que fala tocando nas pessoas. E fazia isso com o Edu durante o programa. – Temos a mesma idade, era meio lógico que a gente fizesse amizade. O programa usou isso para ganhar audiência.

– Como seu namorado reagiu depois de toda aquela fofoca da Loreta Vargas? – perguntei.

– O Pedro sabe como eu sou. Ele confia em mim, mas as fofocas no colégio foram terríveis. Se não fosse a Thaís, nem sei o que podia ter acontecido. Acho que teria sido crucificada no colégio e ficado sem namorado. Claro que uma boa parte dos alunos torceu por mim, mas sempre tem os do contra. Ela foi a minha grande salvadora. Devo tudo a ela.

– Que bom ter uma cunhada tão legal. Eu também recebi o apoio das minhas amigas. Entendo o que você está dizendo. Acho que eu teria desmoronado sem o apoio delas.

De repente, me peguei simpatizando com a Brenda. Será que as meninas e eu fomos injustas esse tempo todo?

– O Edu estava muito dedicado, focado no programa. Ele queria muito vencer. Quando não estávamos gravando, ele segurava aquele pingente e me falava da saudade que sentia de você. Essas partes não entraram na edição do programa. Que injusto! – ela pareceu brava. – Eu queria esclarecer essa história de uma vez por todas, Susana. Nunca tive, não tenho e nem vou ter nada com o Edu. Não vou negar que ele é lindo de morrer – ela riu. – Mas eu amo o Pedro.

– Já que estamos sendo francas, eu preciso dizer que fiquei com raiva, magoada e com muito ciúme.

– Normal – ela deu de ombros e fez cara de tédio. – Essa é a minha vida. Eu desperto o ódio e o amor das pessoas.

– Você fala isso de um jeito... – não aguentei e caí na risada.

– Susana, vamos parar de falsa modéstia. Eu sei que sou bonita e me destaco pela minha personalidade. Faço as coisas sem esperar aprovação de ninguém, sou o que sou. E isso provoca certas reações nas pessoas. Admiração por um lado, inveja por outro. Com você deve ser a mesma coisa. Você deve ser bombardeada de energias negativas o tempo todo. Afinal de contas, é uma atleta que se destaca, já fez um comercial para a TV, é bonita, alta e namora o garoto mais cobiçado do Brasil.

A Brenda é uma pessoa intrigante. Tem uma autoestima de dar inveja. Se outra pessoa falasse isso, ia parecer pura arrogância. Mas por acaso ela estava mentindo? Ela tinha plena consciência do que representava, só isso. Era curioso e hilário ao mesmo tempo.

– Eu adorei que o Dinho Motta tenha meio que apadrinhado o Edu no lançamento do CD. Tenho um fã-clube dele. O Dinho é o máximo! – ela suspirou.

– Eu fiquei sabendo. Também vi seu vídeo cantando com ele nos bastidores de algum show.

– Isso mesmo! – Ela jogou os cabelos para o lado, toda empolgada. – Num show dele no Tijuca Tênis Clube, pertinho da minha casa. Ele ficou sabendo do fã-clube e me convidou para ir ao camarim. O vídeo foi feito no susto, sabe? Graças a esse vídeo fui convidada para o IPM.

– Ficou muito bom mesmo. O Edu teve sorte de gravar com o Dinho Motta.

– Ahhh, Susana, você não sabe o peso que tirei do coração! – ela pousou a mão sobre o peito, num gesto dramático. – Sinto que agora podemos ser amigas!

Amigas?! Calma aí. É muita novidade de uma vez para a minha mente. Mas quem sabe?

Ela começou a mexer freneticamente no celular, com um sorriso de orelha a orelha. Gente, essa garota é ligada no 220 volts o tempo todo?

– Achei seu perfil! Me aceita aí!

Fazer o quê? Eu sorri, quando na verdade queria gargalhar. Eu definitivamente estava gostando dela. Peguei o celular, acessei meu perfil e aceitei o pedido de amizade. Não me senti nada pressionada, imagina...

– Obrigada pela conversa e pela torta, Brenda. Mas eu preciso ir. Eu não avisei em casa e ainda preciso rever umas matérias.

– Claro. Mas vamos tirar uma selfie antes de você ir? – ela já foi acionando a câmera do celular. – Assim a gente mostra logo pra todo mundo que somos amigas e paramos com as fofocas de uma vez.

Ela se levantou, ficou atrás de mim e me abraçou, meio que me esmagando. Então jogou aquele cabelão todo para a direita e falou:

– Xiiiissss. Ahhhh, ficamos lindas! – Ela me mostrou a foto e, antes mesmo que eu pudesse concordar, continuou: – Vou postar agora e te marcar. Só vou pedir um táxi aqui pelo aplicativo do celular e podemos ir. Quer uma carona?

– Não precisa, obrigada. Moro bem perto, vou a pé.

Pagamos a conta e fiquei com ela na porta até o táxi chegar. Sabe aquela típica despedida de aeroporto, com abraço apertado e tudo, como se a pessoa fosse passar um ano fora? A nossa foi mais ou menos assim.

Uma visita mais do que inesperada!

A Brenda é exagerada e teatral. Quando ela entrou no táxi e seguiu viagem, não aguentei e caí na gargalhada. As pessoas me olhavam como se eu fosse maluca ou algo do tipo.

Ela era praticamente uma personagem. Intrigante e envolvente. Eu ainda não sabia se ela era a mocinha ou a vilã. O mais importante disso tudo: aquele fim de tarde tinha servido para que eu não só virasse a página, mas concluísse definitivamente o livro *Brenda Telles*. Eu tinha tirado um peso enorme das costas.

Quando dobrei a esquina da minha rua, notei que o meu celular não parava de emitir notificações. Parei para dar uma olhada no que estava acontecendo.

> **Mari**
> Para tudo, gente. O que é essa foto da varapau com a cabeluda??? Tô morrendo aqui!!

> **Ingrid**
> Eu tomei um susto! Pensei que era o fim dos tempos e corri até a janela pra olhar o céu. Mas parece que tá td bem. Por enquanto.

> **Aninha**
> Susana, pelamordedeus! Explica logo. Olha que eu vou começar a roer as unhas, coisa que você detesta que eu faça!

> **Susana**
> HAHAHA! Caaalma! Tô no meio da rua. Conto tudo quando chegar em casa, suas doidas!

No dia seguinte, na hora do intervalo, as meninas ainda estavam me alugando por causa da visita da Brenda. Eu estava imitando o jeito como ela joga o cabelo e estávamos morrendo de rir quando fomos interrompidas pela Gláucia.

– Oi – ela falou timidamente. – Posso falar com vocês um minuto? Pode ser perto do campinho, onde fica mais vazio?

– Claro! – a Aninha foi a primeira a concordar.

Nós a seguimos em silêncio e, quando chegamos a um espaço menos movimentado, ela revelou o motivo de ter nos chamado:

– Bom, eu só queria contar que fiz os exames e não estou grávida. Quero muito ter um bebê um dia, mas agora seria muito louco. Minha vida ia virar de cabeça para baixo... Eu contei para o Guiga e ele ficou bastante assustado. Queria agradecer a vocês pelo apoio. Confesso que sempre impliquei com o grupo de vocês, que tem até sigla. Mas foram vocês que me estenderam a mão quando mais precisei. Também quero pedir desculpas se pareci implicante ou algo do tipo.

– Gláucia, estou feliz que tenha mudado de ideia a nosso respeito – a Aninha soltou um longo suspiro. – E, quanto ao Guiga, a gente é só amigo, não tem mais nada a ver. Independentemente do resultado, nós te daríamos apoio.

– Você fica muito sozinha – a Ingrid fez um carinho no braço da Gláucia. – Tudo bem que ficar com o namorado o tempo todo é bom – ela riu. – Mas ter amigas também é.

– A gente fala um monte de besteiras, se diverte bastante. Fique com a gente de vez em quando – a Mari sugeriu.

– Tenho uma ideia! – falei. – Eu tenho um jogo na sexta à noite. Contra o Botafogo, na sede deles. Preciso de todo o apoio do mundo. Por que você não vai com o Guiga?

– Vou falar com ele – ela sorriu, visivelmente mais leve e menos distante. – Acho que pode ser divertido.

O sinal tocou.

– Vai, sim! – a Aninha encorajou. – Precisamos voltar para a classe, mas já está combinado. Contamos com a presença dos dois.

– Pode deixar – ela sorriu. – Vou falar com ele.

Depois das aulas, quando acessei meu perfil, vi que a Gláucia tinha adicionado nós quatro de uma vez. E, ao clicar no perfil dela, tive uma surpresa muito legal. Ela tinha publicado o seguinte texto:

> Muito bom encontrar amizade onde eu não pensava que pudesse existir. A vida pode nos surpreender muito, e nesses últimos dias fui muito surpreendida. Acho que amadureci um ano em uma semana. Aprendi lições que vão seguir eternamente comigo. Mas valeu a pena! A alegria que estou sentindo é indescritível!

Deixei um comentário: "Conte comigo para o que precisar!" E ela respondeu com um coração.

16
Vivendo e aprendendo a jogar

O fim de semana seria decisivo para o nosso time. A começar pela sexta-feira, dia 31 de outubro, Dia das Bruxas. O jogo seria às sete horas da noite, na sede do Botafogo.

Diferentemente do jogo anterior, muita gente conseguiu ir. Minha mãe deixou o tal funcionário encarregado de fechar as farmácias para poder comparecer. O CEM apareceu em peso. Mas, mais uma vez, o Edu e meu pai não puderam ir.

Preciso dizer que quase a arquibancada toda estava tomada de torcedores do Botafogo? A torcida agitava pompons brancos e pretos e erguia um mascote. A nossa torcida, mesmo com bastante gente, ocupava uma pequena parte do lado esquerdo.

– A Samara está bem envergonhada por causa da advertência – a Camila cochichou. – Vocês perceberam como ela está calada? Nem parece a mesma chatinha de sempre, se metendo nas conversas de todo mundo.

– Não é pra menos – olhei disfarçadamente para ela. – Além da bronca do Augusto, deve ter tomado uma bem maior em casa. Muita coisa envolvida, né? Não só por ter passado mal por conta da bebida, mas por ter colocado em risco a situação dela no time e até se arriscado a perder a bolsa de estudos.

– Ai, meninas, estou com medo desse jogo – a Alê olhava preocupada para a arquibancada. – Algo me diz que vamos ser massacradas.

– Eu também estou bastante preocupada – falei.

Quando fomos chamadas para a quadra, meu coração gelou. As adversárias estavam muito confiantes, a torcida era ensurdecedora. Isso nos deixou amedrontadas. Nós jogamos bem, mas elas ganharam de lavada. Venceram nos três primeiros sets com uma diferença média de dez pontos em cada um. Elas se classificaram para a final, para disputar a medalha de ouro contra o Flamengo.

Voltamos para o vestiário arrasadas.

– Nossa, estou morrendo de vergonha, Augusto – a Joana começou a chorar. – Eu tentei de tudo, mas cometi erros grotescos. Quantas vezes eu treinei aqueles bloqueios? Eu via a bola caindo tão fácil do nosso lado que parecia até piada.

– Meninas, sentem – o Augusto apontou para os bancos e algumas se acomodaram no chão mesmo. – Entendo a frustração, mas, pior do que perder o jogo, é essa cara de derrota de vocês. Respondam sinceramente: Vocês entraram para ganhar?

– A gente sempre entra pra ganhar... – a Karina respondeu. – Não é pra isso que a gente tem treinado tanto?

– Discordo, Karina – ele falou sério, mas o tom era parecido com o do meu pai quando ele quer que eu preste atenção no que está dizendo. – Vocês ficaram com medo. Medo do nome *Botafogo*, medo da torcida. Elas jogaram bem? Sim. O time delas já foi campeão várias vezes. E isso intimidou vocês. Por mais técnica e preparo físico que vocês possam ter, já entraram em quadra derrotadas. O problema de vocês estava dentro da cabeça.

– Você ficou chateado com a gente – lamentei, segurando o choro de uma forma que chegava a doer o peito. – Eu estou chateada comigo.

– Vamos ter outro jogo no domingo. A disputa pela medalha de bronze. Perdemos esse jogo, mas temos uma chance importantíssima. Vocês precisam esquecer a derrota e focar na grande conquista que podemos alcançar – o Augusto continuou. – Vamos mudar esse pensamento agora!

— É que o jogo passado foi tão fácil... – a Mariane deu uma risada nervosa.

— Nem foi isso – a Samara discordou. – Eu estava morrendo de vergonha, querendo me enfiar num buraco. Vacilei feio e meus pais estão decepcionados comigo. Meu desempenho foi ruim, prejudiquei a mim mesma e o time. E quero pedir desculpas a todas vocês.

— Relaxa, Samara – a Alê tentou contornar o climão que tinha se abatido sobre o vestiário. – Todo mundo vacila às vezes. Tenho certeza que você não vai fazer de novo.

— Eu quero fazer uma proposta – sugeri. – Vamos focar no bronze. Vamos aprender com os erros de hoje e tentar não repetir os mesmos no domingo. Mas sem nos martirizar! Estamos exigindo muito de nós mesmas. Vamos ter o sábado para descansar e voltar com tudo no domingo.

— Esse é o espírito, Susana! – o Augusto sorriu. – Nosso time ainda não tem um ano de existência. E disputar o terceiro lugar do campeonato carioca é uma grande vitória. Nosso time está começando a ser conhecido, e essa vai ser a melhor hora para passar a ser respeitado também. E temido! – ele ergueu os punhos, fazendo todo mundo rir. – Vocês estão muito bem preparadas fisicamente. Confio em vocês e no meu trabalho como técnico. A Susana está certa. Descansem bastante, tentem se distrair com coisas tranquilas, fiquem cercadas de pessoas positivas e no domingo vamos entrar em quadra para ganhar. Mesmo que a gente não vença o jogo, o espírito tem que ser de vitória!

Um pouco depois disso, saí do vestiário e fui encontrar o pessoal. Todos estavam tristes, claro, mas tentando ao máximo me animar.

— Vou passar amanhã cedo na sua casa e deixar uns DVDs bem fofos para você se distrair – a Ingrid me abraçou pela cintura.

— Isso, amiga! – foi a vez de a Mari me abraçar. – Rumo ao bronze!

— Gostei da ideia dos pompons. Vou imitar o Botafogo. Precisamos sacudir nossa torcida. Poxa, por que não pensamos nisso antes? – a Aninha fez uma carinha sapeca. – Acho que conseguimos encontrar essas coisas todas bem baratinhas na Rua da Alfândega. Vamos até lá amanhã de manhã? Quero ver nossa torcida azul e amarela no domingo!

— Eu topo! — a Mari concordou na hora. — Vamos aproveitar que amanhã não vai ter aula de inglês e bagunçar por aquelas lojas. Vamos comprar camisetas nas cores do time e pompons da mesma cor.

— Tô dentro! — a Ingrid dava pulinhos de felicidade.

— Pena que não vou poder ir. Mas vou fazer uma vaquinha com o time para vocês comprarem mais coisas. — E voltei correndo para o vestiário.

As meninas adoraram a ideia de agitar a torcida. Cada uma contribuiu com o que podia e eu passei tudo para a Aninha. Até o Augusto contribuiu. Não ia dar tempo de a CSJ Teen providenciar alguma coisa, mas o que as meninas resolveram fazer já seria bem legal. O Augusto ficou de levar a ideia até a direção da empresa para o próximo campeonato.

No sábado, fui bastante mimada pela minha mãe. Ela preparou todas as comidinhas leves de que gosto. Nada que pudesse me fazer mal. E eu relaxei assistindo às comédias românticas que a Ingrid me emprestou, imaginando sempre que o mocinho da história era o Edu.

E, por falar nele, a surpresa veio à noite. O Edu me chamou no Skype meia hora antes do show. Ah, que saudade! Ele estava tão lindo.

— Oi, amor! Aqui a internet está ótima e resolvi aproveitar. Como você está?

— Oi, amor. Eu estava chateada ontem, mas já estou mais confiante. Vou batalhar pelo bronze.

— É isso aí! — ele vibrou.

— Como estão as coisas aí em Natal?

— Bem quentes! — ele riu. — As praias são lindas, mas não dá tempo de curtir nada. O motorista pegou o trajeto mais longo até o hotel só para eu dar uma olhada no mar.

— Você deve estar muito cansado, né? — Passei os dedos na tela, como se pudesse tocar aquele rostinho lindo. — Já deve até ter esquecido como é a sua casa. Há semanas você não volta para o Rio — brinquei.

— Sabe que meu corpo já acostumou com a adrenalina? É um cansaço bom. Amor, te chamei rapidinho só para matar as saudades e ver como você estava. Bom jogo amanhã. Quero uma foto com a medalha de bronze!

– Vou tirar, sim, com o maior prazer! Bom show, Edu. Que as garotas gritem muito!

– Hahahaha! Você não vai ficar com ciúmes?

– Não. Elas podem gritar, mas o popstar é todo meu.

– Metida! – ele gargalhou.

– Mas uma metida que você adora – brinquei.

– Adoro mesmo! – ele suspirou. – Tenho que ir, já estão me chamando para o aquecimento vocal. Te amo.

– Também te amo. Volta logo.

Desliguei com o dobro da saudade. Mas fui dormir feliz da vida por ter falado com ele. Esses momentos têm sido tão raros que parecem prêmios da loteria.

No domingo, completamente descansadas, estávamos com outro ânimo. O jogo seria contra o Costa Brava, no ginásio do Tijuca Tênis Clube. Então seguimos para a Tijuca em um ônibus fretado pela CSJ Teen. O time adversário já tinha cinco anos de existência, mas era a primeira vez que disputava o terceiro lugar no campeonato carioca, a melhor colocação deles até agora. Nesse ponto, nossas condições eram iguais.

O ônibus era equipado com TVs e, para nossa surpresa, justamente a Samara, a que tinha ficado mais arrasada no último jogo, veio com a novidade.

– Meninas, já que o ônibus tem internet, pedi para o motorista colocar um vídeo. Nosso grito de guerra! – ela falou, animada.

Começamos a aplaudir assim que reconhecemos o clipe da Beyoncé.

– E aí, garotas? – ela comandou o grito de guerra. – *Who run the world? Girls! Who run the world? Girls!**

A ideia foi mesmo muito boa! O Augusto ria e acompanhava nas palmas. Até o motorista, que tinha acabado de nos conhecer, se empolgou. Foi exatamente com esse espírito de vitória que entramos no clube e fomos nos preparar para o jogo.

Em volta da quadra, ficavam as cadeiras especiais e, atrás delas, circulando todo o estádio, as arquibancadas. A CSJ Teen tinha consegui-

---

* "Quem manda no mundo? Garotas!"

do boa parte dos ingressos nas cadeiras especiais para familiares, no lado esquerdo do placar. Fiquei feliz quando vi minha mãe e meu irmão juntos. As meninas e os namorados estavam na arquibancada logo atrás das cadeiras. Além delas, o Léo foi com a Marina. Pelo visto, o namoro tinha engrenado de vez. Quando saímos para comemorar depois do primeiro jogo, me senti incomodada e até meio infantil ao lado dela. Mas, olhando agora, vejo que realmente confundi as coisas. A saudade do Edu mexeu muito comigo. O Léo é um cara simplesmente incrível e quero tê-lo como amigo para sempre.

O Guiga também apareceu com a Gláucia. Eles estavam no jogo de sexta e retornaram hoje. Que bom! O semblante dela tinha mudado e ela estava sorridente, bem à vontade com as meninas. O Guiga estava se enturmando com a gente de novo!

Como sempre, a torcida do time adversário era maior. Mas a força dos nossos amigos era maravilhosa. As meninas fizeram um ótimo trabalho! A torcida estava linda, colorida e animada.

– Continuem com a vibração do ônibus, meninas! – o Augusto nos reuniu instantes antes de o jogo começar. – Confiem na capacidade de vocês.

– *Who run the world? Girls!* – gritamos em coro, e o time adversário riu da gente. Não ligamos.

Tinha uma torcida bem grande do Costa Brava do lado da quadra em que ficamos no primeiro set. A Alê se posicionou para o saque e muitas vaias e gritos vinham bem nas nossas costas. Que pressão!

A Alê olhou para a gente, fez sinal com a cabeça de que estava tudo bem e partiu para o saque. Ponto para nós! Nossa pequena torcida vibrou! Olhamos umas para as outras e sorrimos.

– É isso aí! – a Samara gritou.

No meio do set, a Camila levou uma bolada no rosto, direto no nariz, e precisou sair da quadra, sendo substituída pela Karina. Morri de pena, deve ter doído muito. Apesar disso, eu precisava me concentrar. Sempre que uma de nós seguia para o saque, era um festival de vaias.

O Costa Brava venceu o primeiro set e logo começou a cantar vitória. O Augusto nos reuniu antes de iniciar o set seguinte e renovamos nosso pacto de não nos deixar influenciar pela torcida adversária. Deu certo! Conseguimos vencer o segundo set.

Mas o jogo não estava fácil. Estava tão complicado e disputado quanto o do Manauara.

– Você consegue voltar, Camila? – o Augusto perguntou, preocupado.

– Consigo, treinador! – ela parecia determinada. – Não saio deste jogo sem fazer pelo menos uns dez pontos em cima dessas metidas do Costa Brava!

E ela cumpriu o que prometeu. Não só foi a melhor jogadora em quadra no terceiro set como ultrapassou a quantidade de pontos que disse que faria. Vencemos no quarto set por três a um, e a Camila marcou quinze pontos no jogo.

Ouvimos muitas, muuuitas vaias! A torcida não se conformou que o Costa Brava tinha perdido a medalha de bronze e foi abandonando o Tijuca Tênis Clube. Mas não nos abalamos com a hostilidade deles. Demos as mãos e fomos para frente da nossa torcida, que tinha se empenhado muito durante toda a partida. Olhei para todo mundo com os olhos cheios d'água. Minha mãe estava chorando, abraçada ao meu irmão.

Recebemos as medalhas e tiramos muitas fotos. Em seguida, a entrada dos nossos amigos e parentes foi autorizada, e aí foi um chororô só.

– Parabéns, Susana! – ganhei um "abraço sanduíche" da minha mãe e do meu irmão. – Que luta! Você merece cada gota de suor derramada por essa medalha – minha mãe me deixou ainda mais emocionada.

– Estou com o estômago embrulhado de tanto nervoso! – foi a vez do Anderson. – Nunca ouvi tantos xingamentos. Além da pressão do jogo, ter que lidar com essa pressão psicológica da torcida não foi fácil.

– As pressões foram muitas, mas ela conseguiu! – o treinador se aproximou, colocando as mãos nos ombros da minha mãe e do Anderson. – A Susana é uma atleta brilhante. Vocês devem estar muito orgulhosos.

– Obrigada, Augusto – fiquei feliz e constrangida ao mesmo tempo pelo elogio. – Você estava certo. Entramos com mente de vencedoras. O preparo físico e técnico é muito importante, mas o pensamento positivo é tudo.

– E você pode aumentar e manter esse pensamento positivo por muito tempo, Susana – ele continuou. – Fiquei sabendo por fontes seguras que o seu nome foi citado pela comissão técnica da seleção feminina juvenil. Você tem grandes chances de ser convocada. Continue firme no seu propósito.

– Jura, Augusto?! – Se não estivesse abraçada aos dois, acho que teria desmaiado. – Mas eu nem fiquei entre as três do time que mais marcaram pontos.

– Eu sei e eles também. Marcar pontos vale muito para a decisão deles, mas seu espírito de equipe se sobressaiu. Muitos pontos do jogo foram marcados depois de jogadas suas. Você estava sempre preocupada em dar o melhor de si para o time, e não apenas para se destacar individualmente. Eles observam tudo durante os jogos. Você se manteve equilibrada e concentrada, motivando todas as colegas. Isso conta muito.

– Nossa, eu nem sei o que dizer! – comecei a rir de nervoso.

– Parabéns mais uma vez. Comemorem bastante.

Ele foi embora e eu fiquei em estado de choque, olhando pra todo mundo. Foi uma festa de pompons em cima de mim. Eu estava tão atordoada que só tive a real noção da bagunça quando vi as fotos.

– Olá! Será que posso dar um beijo nessa atleta linda?

Virei para olhar de onde vinha aquela voz e surpresa: era da Brenda Telles. As MAIS vieram correndo para testemunhar o encontro, já que perderam o primeiro.

– Quando eu soube que o jogo seria na Tijuca, fiz questão de vir – ela falou, jogando os cabelos. – Parabéns! Você jogou muito bem.

– Obrigada, Brenda! – Retribuí o beijo no rosto que ela me deu. – Deixa eu te apresentar para as minhas amigas. Essas são a Mari, a Aninha e a Ingrid.

– Já vi fotos de vocês! – Ela abraçou cada uma como se fossem amigas de infância. – As MAIS! Adorei esse negócio de sigla da amizade. Agora deixa eu apresentar a minha turminha – ela apontou para um grupo, que se aproximou. – Este é o Pedro, meu namorado, a Thaís, minha cunhadinha, o Pablo, meu irmão, e o Sidney, irmão da Thaís.

– Obrigada por terem vindo! De verdade – sorri para todos.

– Bom, a gente já está indo. – A Brenda segurou as minhas mãos na hora de se despedir. – Manda um beijo para o Edu quando falar com ele.

Então o grupo foi embora e nós ficamos nos entreolhando.

– Que droga! – a Mari reclamou. – E não é que eu gostei da cabeluda? Ela parece legal.

– Eu também achei – a Aninha riu da cara contrariada da Mari. – A turma dela parece legal também.

– Achei fofo da parte dela ter vindo – foi a vez da Ingrid. – Acho que podemos parar de implicar com a Brenda de uma vez.

– Concordo, Ingrid! – Dei um abraço coletivo nelas. – Muito obrigada por tudo hoje. Vocês foram incríveis!

Quando cheguei em casa, depois de mais um dia de comemoração regado a muita pizza, fiquei um tempão me olhando no espelho. A medalha brilhava no reflexo. Eu estava com o cabelo todo bagunçado, com olheiras e muito cansada. Mas tão feliz que não sabia nem o quanto.

Um tempo atrás, no oitavo ano, a coordenadora Eulália perguntou se eu não gostaria de entrar para a escolinha de vôlei do CEM. Entrei como quem diz: "Ah, vamos ver no que vai dar". E gostei tanto que o esporte virou minha vida. Os campeonatos intercolegiais eram bastante puxados. Aprendi a ter disciplina e a dividir meu tempo. Aí veio o convite da CSJ Teen, a marca de cosméticos que eu mais amo usar. Lembro o dia em que fui com meu pai até a sede da empresa para assinar o contrato. E, olhando agora para essa medalha, percebo como cresci e aprendi. Daqui a pouco o ano acaba, logo estarei no segundo ano do ensino médio e vou encarar mais desafios! E agora a grande possibilidade de participar da seleção brasileira juvenil de vôlei feminino!

Beijei a medalha, tirei a foto e mandei para o Edu. Eu pendurei a medalha ao lado da minha cama. Então vesti uma roupa bem confortável e me deitei. No dia seguinte tinha aula e eu precisava descansar. Estava quase dormindo quando ouvi o sinal de mensagem do celular.

> Sou o pai mais orgulhoso do mundo! Parabéns, minha filha. Não pude estar com você nesse momento tão importante, mas anote aí na sua agenda. Seu presente pela vitória vai chegar na sexta-feira. O que será? Surpresa. Não marque nada para esse dia. A espera vai compensar. Beijos

Presente?! O que será que o meu pai estava aprontando? Nossa, fiquei curiosa. Mas não ia adiantar nada fazer chantagem emocional ou greve de fome para ele me contar. Quando ele diz que é surpresa, pode esperar que é mesmo!

17
O melhor pai do mundo

Dia e hora marcados para o lançamento do canal Adolescendo Sitcom na casa do Lucas: terça-feira, às oito da noite. A edição dos vídeos demorou mais do que o Lucas tinha programado, mas eles estavam muito empolgados com o resultado. Tudo ia ser lançado de uma só vez: o canal e a página oficial do grupo.

A estratégia era a seguinte: assim que o Lucas compartilhasse na página dele, todo mundo ia fazer o mesmo, para chamar a atenção para o assunto. Como a Mari tinha feito o primeiro videoclipe do Edu, usariam também a página do fã-clube para divulgar.

– Estou nervosíssima! – a Mari andava de um lado para o outro na sala do apartamento. – Acho que vou ter um treco!

– Calma, Mari! Vai dar tudo certo – o Lucas riu e tentou tranquilizá-la. – Pra quem fez comercial de remédio pra cólica menstrual, isso vai ser fichinha.

– Isso, Luquinhas! – a Mari colocou as mãos na cintura e fez cara de brava. – Debocha mesmo!

– Não se irrita, Maria Rita! – gritamos em coro, e a mãe do Lucas caiu na gargalhada. Ela nunca tinha visto a gente gritar o bordão da Mari e teve que se segurar de tanto que riu. A Mari desfez a cara de brava e foi rir ao lado da sogra.

– É agora, pessoal! – o Lucas chamou todo mundo para perto dele. – É um momento histórico. E valeu mesmo por estarem aqui com a gente. Mari, meu amor, obrigado por embarcar nesse sonho comigo. Igor, Matheus, vocês são meus brothers. Caíque, cara, nem sei como agradecer pela ajuda com a página do grupo.

– Caraca. Esse roteirista está falando mais do que se estivesse na entrega do Oscar! – o Igor brincou. – Aperta logo esse botão e publica isso de uma vez.

– E foi dada a largada! – enfim ele publicou o primeiro vídeo, que se chamava "A chave de casa".

Com cerca de cinco minutos, a história falava sobre a emoção de ganhar as chaves de casa e poder chegar mais tarde. A Mari fazia o papel da mãe, o Matheus, do pai, e o Igor, do filho. A Mari estava engraçadíssima de peruca ruiva e vestido florido todo chamativo. Mas o papel mais engraçado era o do Igor. Justamente quando tem de mostrar aos pais que é responsável e mereceu ganhar as chaves de casa, ele se atrapalha todo e acabara errando o caminho, indo parar no meio do mato, perdendo as chaves e, ao tentar pular a janela de casa, é confundido com um ladrão e uma vizinha chama a polícia. Eu chorava de tanto rir.

– Gente! – a Aninha ria e apontava para a tela do computador. – Onde foi que vocês gravaram?

– Lá no condomínio – o Matheus respondeu. – Olha, gravar isso tudo foi muito mais engraçado que os vídeos em si, podem acreditar.

– Eu imagino! Que janela foi essa que o Igor pulou? – a Ingrid estava vermelha de tanto rir.

– A janela do salão de festas, que dá para o playground. Esse matagal aí é o jardim dos fundos do prédio – o Matheus continuou explicando.

– Eu estava apavorado de verdade. A síndica do condomínio do Matheus tem a maior cara de brava. – O Igor imitou a expressão dela. – Já pensou se eu tivesse que replantar tudo?

– Vocês são doidos! – foi a minha vez. – Mas parabéns, ficou muito engraçado!

– Já temos três vídeos prontos. Vamos divulgar às terças-feiras, para criar rotina. Faz parte da estratégia de marketing – o Caíque explicou.

– E por falar em marketing, vamos ajudar a divulgar, gente? Peguem aí tablets, celulares... Vamos compartilhar e fazer bombar o primeiro vídeo do Adolescendo Sitcom!

– Uhuuuuu! – gritamos em coro.

Durante a semana, o vídeo foi recebendo cada vez mais visualizações. Teve gente que falou mal, mas isso eles já esperavam. No entanto, a maioria dos comentários foi positiva e o pessoal parecia empolgado. Na sexta-feira o vídeo já contava com mais de mil visualizações. A divulgação no fã-clube do Edu tinha ajudado bastante.

Fui para casa almoçar antes de ir para a CSJ Teen e a grande surpresa: meu pai estava lá!

– Pai! – corri para abraçá-lo. – A surpresa era essa?! Mas eu tenho treino agora!

– Hoje você não vai ao treino – minha mãe apareceu na sala com uma pequena bolsa de viagem. – Já avisei o treinador que você não vai poder ir.

Era a primeira vez que eu via meus pais juntos desde a separação. Eles pareciam normais e se trataram muito bem. O que me deixou ainda mais surpresa.

– Eu não vou para o treino? – Olhei meio desconfiada para a bolsa. – O que tem aí dentro?

– Você acha que está tudo aí, Valéria? – meu pai olhou para ela com ar de mistério.

– Claro, está sim – ela sorriu e deu uma batidinha de leve na bolsa. – Ela só precisa tirar o uniforme e colocar uma roupa mais confortável para a viagem.

– Viagem? – tomei um susto. – Ei! Querem parar de falar como se eu não estivesse aqui? Amanhã é o lançamento do livro da Aninha! Não posso faltar de jeito nenhum.

– Eu sei disso. Fique tranquila – meu pai estava com um sorrisão enorme no rosto, o que me deixava ainda mais ansiosa. – Vai dar tempo para tudo.

– Fala logo, Amauri! – minha mãe colocou a bolsa em cima do sofá. – Antes que a Susana tenha um treco aqui no meio da sala.

— Tudo bem, vou contar — ele continuava sorrindo. Minha cara devia estar realmente hilária. — Estou de folga hoje e amanhã e vamos fazer uma pequena viagem. Estaremos de volta amanhã na hora do almoço. Eu deixo você na livraria direto do aeroporto.

— Aeroporto? Pai, pra onde a gente vai?

— Eu prometi um presente pela medalha de bronze no campeonato, não foi? — ele esfregou as mãos. — Existe melhor presente do que ir ver o show do Eduardo hoje à noite em Salvador?

— Mentiraaaaa!!!! — caí sentada no sofá. — Salvador? Eu não acredito! Vai dar tempo? — olhei as horas no celular.

— Claro que vai. São só duas horas de viagem, voo direto.

— Como você conseguiu tudo isso? O Edu sabe que estou indo?

— Sabe, sim. Combinei tudo com a mãe dele e o empresário, o temido Carlos Magno. Ficou feliz?

— Feliz?! Não sei nem o que dizer! — meus olhos se encheram de lágrimas.

— Ah, não! — minha mãe veio na minha direção. — Nada de chorar, você vai ficar com a cara inchada. Como o tempo é curto, coloque uma roupa confortável, mas bem bonita, para ir direto para o show. Aqui nessa bolsa eu coloquei o vestido que você comprou para o evento da Aninha, roupas íntimas, seus produtos da CSJ Teen e um pijaminha. Leve uma bolsa pequena com a sua carteira, documento de identidade e o carregador do celular. E divirta-se, filha! — ela me abraçou. — Você merece.

Parecia que eu estava em um daqueles programas de TV em que o apresentador pega alguém em casa de surpresa. Que loucura! Nunca corri tanto na vida. Tomei um banho e coloquei uma calça jeans preta, com detalhes prata nas laterais. Escolhi uma blusinha cinza, com enfeites prateados para combinar, e uma sandália preta. Peguei um casaquinho preto curto, para caso sentisse frio durante o voo ou na casa de shows. Dei uma olhada rápida no conteúdo da bolsa de viagem e minha mãe tinha sido perfeita, não esqueceu nada. Peguei uma bolsa de mão e coloquei um kit de maquiagem, um borrifador de perfume pequeno, meus documentos e o celular. No táxi, no caminho para o aeroporto, mandei uma mensagem para as meninas. Elas enlouqueceram com a novidade!

Foi bem legal ter meu pai vestido casualmente ao meu lado no avião. Dessa vez ele ia como passageiro. E eu ficava toda boba quando ele era cumprimentado pelos pilotos e comissários. Ele era muito querido por todos.

E foi com muita emoção que ouvi o comandante anunciar que em breve pousaríamos no Aeroporto Internacional de Salvador. Pena que ficaríamos tão pouco tempo por lá. Eu já tinha visto tantas fotos lindas do Pelourinho, do Farol da Barra, das praias... Não ia dar tempo de fazer turismo, mas viajar para ver meu namorado fazer show em outra cidade era a maior das aventuras!

Pegamos o táxi e meu pai indicou um hotel que ficava no bairro Caminho das Árvores. Chegando lá, preenchemos a ficha e uma recepcionista simpática nos deu a chave do quarto. Subimos rapidamente para guardar as bolsas e eu dei uma retocada na maquiagem. Estava pronta.

– O Eduardo está hospedado aqui também – meu pai contou.

– E você só me fala isso agora? – Bati palminhas. – Quero vê-lo!

– Ele já está na casa de shows. Deve estar aflito esperando a gente chegar. Foi um custo fazer com que ele não te contasse nada. Vamos, filha!

Quando chegamos à casa de shows, havia uma multidão na porta para entrar. Se não me engano, ainda maior que no show de estreia no Rio. Meu Deus!

– Vamos entrar pela área VIP. O Eduardo está te esperando no camarim antes de o show começar.

Fiquei muda de emoção. Tantas vezes eu quis fazer isso e o Carlos Magno me impediu. "Vai tirar a concentração do Eduardo!", era sempre a mesma desculpa. Mas deixei o rancor de lado e quis aproveitar o momento.

– Susana! Eu não aguentava mais esperar!

O Edu correu para me beijar, como naquelas cenas de cinema. Nós esquecemos que estávamos cercados de dezenas de pessoas: músicos, garçons, o pessoal da iluminação. Além dos nossos pais.

– Parabéns pelo campeonato, Susana – o Carlos Magno me cumprimentou quando a gente finalmente se desgrudou. – Eu acompanhei tudo pelo Eduardo. Você foi guerreira.

O melhor pai do mundo

– Obrigada! – respondi meio sem jeito. – E obrigada também por me deixar vir aqui hoje. Foi um presente e tanto.

– Sinceramente? – ele parecia bem mais simpático dessa vez. – Fui totalmente egoísta. É um presente pra mim também! Eu não aguentava mais esse garoto reclamando de saudades da namorada. Assim ele para de falar no meu ouvido.

– Eu enchi o saco mesmo... – o Edu brincou. – Amauri, obrigado por participar dessa aventura – ele se voltou para o meu pai.

– Posso confessar uma coisa, Eduardo? – meu pai o abraçou. – Eu me diverti com o planejamento da surpresa! Pena que teremos de voltar amanhã. E eu finalmente vou poder ver seu show. Só tive uma pequena amostra na festa de aniversário da Susana.

– Pois é! Vocês dois agora competem para saber quem voa mais – fiz bico, fingindo estar magoada com o abandono constante deles.

– Mas até que enfim as agendas coincidiram – a Regina falou. – Hoje vai ser um dia especial.

– Bom, como a minha função é ser o chato... – o empresário fez uma cara engraçada. – O show vai começar em poucos minutos. Assim que acabar vamos para o hotel jantar. Vocês vão poder conversar com mais calma por lá.

Meu pai e eu nos despedimos do Edu e seguimos para o nosso lugar. Uau, quanta gente! Ele tinha muitos fãs em Salvador.

O esquema do show era o mesmo do de estreia, exceto a presença do Dinho Motta. E foi tudo fantástico! Sinceramente, acho que foi até melhor. Com tantos shows seguidos, o Edu estava ainda mais descontraído no palco e bastante entrosado com os músicos.

– Seu namorado é mesmo um popstar, filha – meu pai falou enquanto íamos para o camarim, no fim do show. – Estou entendendo agora essa sua paixonite por ele.

– Paixonite! Hahahaha! Isso é jeito de falar, pai?

– Estou bastante surpreso. Ele amadureceu muito, assim como você. Vocês só têm 15 anos, mas são determinados e sabem o que querem. Por isso se dão tão bem.

– Pai, quer parar de ser tão fofo? Obrigada mais uma vez pela surpresa.

– Está pensando que a surpresa já acabou? Você não sabe de nada...

– Oi?! – olhei pra ele, que estava fazendo a mesma cara de suspense de algumas horas atrás.

Pegamos a van da equipe do Edu e fomos para o hotel. O combinado era todo mundo se encontrar no hall em meia hora.

Enquanto isso, aproveitei para enviar fotos e contar sobre a viagem e o show para as meninas. Quando descemos, todos já estavam aguardando.

– O gerente do restaurante vai abrir só pra gente. Não conseguimos um restaurante com uma reserva tão grande nesse horário em plena sexta-feira. Além da presença do Eduardo, que ia causar uma tremenda confusão – o Carlos Magno explicou. – Já está tudo pronto. Vamos entrar.

Uma grande mesa tinha sido arrumada no salão. Eu já estava me dirigindo até ela quando o Edu me puxou pela mão.

– Não vamos ficar com eles – ele fez uma carinha divertida. – Tem uma mesa só para nós dois ali.

Olhei para o meu pai, que deu uma piscadinha de cúmplice para o Edu.

A mesa era no mesmo salão, só que ficava um pouquinho afastada. Estava decorada com velas e tinha apenas dois lugares.

– Edu! – olhei maravilhada para aquilo tudo. – Que coisa linda.

– Por favor, *mademoiselle* – ele puxou a cadeira para mim.

– Obrigada! – falei, com o coração aos pulos.

– Como nossos pais estão logo ali e somos menores de idade... – ele riu – pedi uma bebida especial para brindarmos.

Ele mal acabou de falar e o garçom apareceu com duas taças de milk-shake de morango.

– É quase da cor do vinho que eles estão bebendo na outra mesa... – ele olhou para as taças e fez uma cara muito engraçada, discordando. – *Quase*. Mas o que importa é o brinde.

– Um brinde à minha primeira viagem para Salvador?!

– Huumm... – ele estreitou os olhos e continuou com a cara engraçada. – Quase isso. Está faltando mais uma coisa.

– O quê?

– No domingo meu priminho faz aniversário. E foi na festa dele que a gente se beijou pela primeira vez.

– É verdade! Logo depois a gente começou a namorar. Não parece incrível? Já passou um ano.

– Como não vamos estar juntos, adiantei a comemoração. Tudo bem?

– Tudo bem?! – ri, nervosa. – O que você acha?

– Um brinde ao nosso amor, às nossas vitórias individuais e a todas que ainda vamos ter juntos. Eu te amo, Susana.

– Também te amo, Edu... – uma lágrima escapou dos meus olhos quando batemos nossas taças de leve e tomamos um golinho da bebida gelada, que estava uma delícia.

Fomos interrompidos pelo garçom, que serviu o jantar. Frango grelhado com batatas coradas.

– Eu sei que não é o melhor da culinária baiana – ele riu, olhando para o prato. – Mas é o que eu estou autorizado a comer. Amanhã viajo para Fortaleza para mais um show e preciso tomar cuidado com a alimentação.

– Eu entendo perfeitamente! – Dei uma garfada na batatinha. – Hummm... O melhor da culinária baiana!

Comemos, conversamos e namoramos até praticamente sermos expulsos do restaurante. No dia seguinte, quando fomos para o aeroporto, o Edu pediu para pegarmos o caminho à beira-mar. As praias de Salvador eram lindas! Ficamos de mãos dadas durante todo o percurso, admirando a paisagem pela janela da van.

Como o voo dele partiria primeiro, nós nos despedimos na entrada da sala de embarque. Meu pai e eu ainda tínhamos uma hora antes do nosso, então aproveitei para comprar fitinhas do Senhor do Bonfim para as meninas em uma lojinha.

Já no avião, enquanto aguardávamos a decolagem, segurei a mão do meu pai.

– Nunca vou esquecer esse dia. Nunca!

– Na maior parte do tempo, estou ausente por estar voando por aí. Então pensei, por que não unir o útil ao agradável? – ele riu.

– Hahahaha! Verdade. Eu pude matar as saudades dos dois ao mesmo tempo. Senti muito a falta de vocês no campeonato. Mas entendi que não dava mesmo para vocês irem.

– Você não sabe como fico feliz com isso. – Ele beijou o meu cabelo.

– Também fiquei surpresa que você e a mamãe tenham armado tudo isso juntos. Que bom que tudo está indo bem entre vocês.

– A Valéria ficou feliz com a surpresa e tão empolgada quanto eu para organizar tudo. Ela, mais do que ninguém, sabia que esse seria o presente ideal para você. Eu até perguntei se ela não gostaria de vir também. Eu notei que ela ficou constrangida, então não insisti. Mas está tudo bem tranquilo. É como eu falei no dia em que conversamos com você. Nós não brigamos, apenas nos demos conta de que não fazia mais sentido permanecermos casados.

– Eu estou me dando muito melhor com a mamãe agora. E com o Anderson também.

– Eu percebi. E isso me deixa muito aliviado.

Encostei a cabeça no ombro do meu pai. Eu estava tão, mas tão feliz, que não queria que aquele momento terminasse nunca mais. Tenho o melhor pai do mundo!

18
Nasce uma estrela

Nós combinamos de nos encontrar na porta da livraria. Quando digo nós, estou falando da Mari e do Lucas, da Ingrid e do Caíque, do Guiga e da Gláucia e de mim, que cheguei quase que voando. Troquei de roupa no banheiro do aeroporto e meu pai levou a bolsa de viagem para a casa dois. No caminho para o shopping, acessei as últimas mensagens do grupo no celular e reli uma da Aninha, que tinha sido enviada para o nosso grupo às duas horas da manhã.

> **Aninha**
> Meninas! Chegou o grande dia! Acabei de passar um gel especial para tendinite no pulso direito e vou dormir com munhequeira. Calma, não é nada grave! Só para descansar pq treinei meu autógrafo centenas de vezes!
> Hahahaha! Meu Deus! Espero que gostem da minha assinatura. Bjos e até mais tarde

Logo na entrada da livraria, tinha um banner bem grande com a capa do livro e uma foto da Aninha. Que orgulho! Fiz questão de tirar uma foto.

Tarde de autógrafos

Ana Paula Fontes
PRISMA

Lançamento do livro *Prisma*, de Ana Paula Fontes

Sábado, 8 de novembro, às 15h

– Diretamente da Bahia, eis que chega ela, minha gente! – a Mari aplaudiu.

– Oi, pessoal! Eu trouxe fitinhas do Senhor do Bonfim pra todo mundo! – Abri a bolsa e tirei dali o bolinho de fitinhas coloridas. – Escolham a cor favorita de vocês.

– Quero uma rosa – a Ingrid pegou a dela, toda satisfeita. – Como é mesmo que se faz?

– Temos que fazer três desejos e dar três nós. E não pode tirar a fitinha, tem que deixar arrebentar sozinha – expliquei.

– Quero uma verde! Da cor dos olhos do meu Guiga – foi a vez da Gláucia.

– Ô, puxa-saco! – a Mari zoou. – Quero uma branca.

Finalmente entramos na livraria e estava... lotada! Nem minha altura me favoreceu para enxergar a mesa da Aninha, com toda aquela gente na fila. As sessões de autógrafos geralmente acontecem no fundo da loja, e eu não conseguia enxergar nem metade do caminho.

– Caramba! – o Guiga esbugalhou aqueles olhos verdes dele. – Que sucesso!

– Nossa. A fila está gigante mesmo! – foi a vez da Gláucia. – O CEM em peso está aqui. Tá quase tão lotado quanto o lançamento do César Castro.

– Pessoal! – a Ingrid tinha ido dar uma olhada na fila do caixa e voltou saltitando de felicidade. – Vi várias pessoas na fila com dois livros! Nossa amiga está bombando!

– Vamos logo para a fila do caixa, meu povo! – a Mari foi empurrando a gente. – Desse jeito vamos ficar sem livros.

– Calma, Mari! – a Ingrid riu. – Tem uma pilha enorme lá, vai ter pra todo mundo.

– Eu também vou comprar dois – a Mari continuou. – Quero dar um de presente para a minha sogrinha querida. Ela merece.

– Minha mãe fez um monte de brigadeiro – o Lucas riu. – Ela sabe que a Aninha adora e chegou aqui antes de todo mundo para enfeitar a mesa de autógrafos com eles. Mas ela não pôde ficar para o lançamento.

– Mentira! – eu estava realmente surpresa. – Ah, que amor!

– Minha sogra, né? – a Mari fez cara de metida. – Que orgulho.

Logo em seguida, o Matheus também chegou. Compramos os livros e seguimos para a fila de autógrafos. A gente não queria furar fila por sermos as melhores amigas, nada disso! O prazer de ficar ali esperando era insuperável. Até mesmo para observar de camarote aquelas garotas meio metidinhas que sempre torceram o nariz para a Aninha.

– Puro recalque! – a Gláucia cochichou.

Sem querer ser venenosa, mas já sendo... a própria Gláucia era uma delas, né? Ainda bem que agora todo mundo está se dando bem.

– Olha lá como os pais da Aninha estão felizes! – a Ingrid suspirou. – E a avó dela veio com o futuro marido. Que bonitinhos! Logo vai ser o casamento deles. Ai, gente, vou chorar.

– Segura a maquiagem aí, dona coração! – a Mari brincou. – Senão nossas fotos vão ficar horrorosas.

— E o Igor bancando o fotógrafo do evento! – foi minha vez de suspirar. – Que fofo!

— Vai achando que ele é fofo, vai... – foi a vez do Matheus de falar. – Já repararam que metade da fila é de garotos? – Eu olhei em volta e realmente não tinha me tocado. – Foi a maneira que ele encontrou de dar um chega pra lá nos mais ousadinhos. Porque, vamos combinar, a Aninha é gata!

— O Igor bancando o ciumento? Essa é nova pra mim! – A Mari riu alto. Como acabou chamando a atenção de um monte de gente, ela disfarçou e passou a falar baixinho: – Tem uma citação que vive circulando nas redes sociais: "Quem ama cuida". É isso mesmo, ele está certíssimo!

Demoramos mais de uma hora na fila. Quando finalmente chegou nossa vez, fizemos a maior festa! A mesa estava mesmo linda com os brigadeiros. A editora tinha providenciado marcadores e bloquinhos de anotações com a capa do livro.

— Parabéns, loira! – a Mari a abraçou bem forte e entregou os livros para serem autografados. – Você está parecendo uma artista internacional.

— Acho que posso falar a verdade para vocês... – a Aninha manteve o sorriso enquanto falava entre dentes. – Minhas pernas estão tremendo! Por isso nem estou levantando para tirar as fotos. Estou com medo de cair desses saltos.

— Eu sou a atriz do grupo, mas posso afirmar que você está representando a loira fatal cheia de si muito bem! – a Mari fez pose de capa de revista.

— Sua mão não está doendo? – a Ingrid se preocupou. – Você mandou mensagem dizendo que tinha até colocado munhequeira de tanto que treinou o autógrafo.

— A mão? – a Aninha olhou para o próprio pulso. – Que nada! O rosto é que está doendo.

— Oi? – a Ingrid fez aquela cara fofa de que não estava entendendo nada.

— Autografar não cansa – a Aninha voltou a explicar. – O que cansa é ser simpática! – ela riu da própria afirmação. – Ficar sorrindo para as fotos e manter a simpatia o tempo todo é mais cansativo do que eu imaginava.

– Só você mesmo, Aninha! Hahahaha! – eu tive que rir. – E os brigadeiros? A gente estava te observando de longe e você não comeu nenhum docinho. Logo você, a mais gulosa de todas nós.

– Você está doida? – ela arregalou os olhos por um segundo para, no instante seguinte, entrar no modo sorridente e simpática de novo. – E ficar com os dentes sujos de chocolate? Pedi para a mãe do Lucas separar vários pra mim. Já estão devidamente guardados e vou devorar tudo quando chegar em casa.

Então tiramos várias fotos, exploramos bem o fotógrafo oficial do evento. O Igor também estava no modo sorridente e simpático. É bem provável que ele tenha ensinado a técnica para a Aninha.

Fizemos questão de tirar uma foto com ela em grupo, além de outras com nossos celulares. A gente só recebia olhares furiosos de quem ainda estava na fila.

– Nós vamos sair daqui, mas continuaremos na livraria, Aninha... – eu a tranquilizei. – Vamos esperar você atender o último leitor para depois comemorar em grande estilo!

Apesar da intensa atividade física, fiquei com dor nas pernas de tanto tempo que passei de pé na fila, ainda mais usando saltos. Afinal, tínhamos que usar sapatos de salto combinando com os vestidos comprados especialmente para a ocasião. Passo o tempo todo de tênis, então é só sair um pouco da rotina para os pés e as pernas reclamarem.

À esquerda da área reservada para o evento havia uns sofás muito confortáveis, e eu resolvi descansar um pouquinho ali. O Guiga e a Gláucia tinham ido embora, pois tinham uma festa de aniversário mais tarde. Os meninos foram conversar com outros da nossa turma que ainda estavam na fila. E, enquanto a Mari e a Ingrid foram comprar alguma coisa para bebermos, preferi ficar ali, folheando o livro da Aninha. Ficou realmente lindo! Dei uma olhada no sumário. Na página oitenta e nove estava o texto que dera nome ao livro. Resolvi começar a leitura por ele e achei muito interessante. Uma ótima reflexão!

Prisma

Segundo a geometria, trata-se de um sólido geométrico que pode ter várias faces, dependendo da forma da base.

Já a física o define como um sólido de base triangular, de vidro ou cristal, cuja propriedade é decompor a luz branca em todo o seu espectro de cores.

No entanto, o que mais me agrada é o sentido figurado. "Prisma" seria o modo particular de ver ou considerar algo, um ponto de vista.

Todos nós temos uma maneira bem particular de observar o mundo. E essa observação vai nos dizer se o mundo é bom ou ruim. Mas você pode me perguntar: "Então quer dizer que o mundo é neutro e tudo depende de como o enxergamos?"

Sim, eu responderia. Acho que falta poesia aos nossos olhos. Percebo certo tipo de preconceito em enxergar o bem, o belo. Meio louco isso. É tão mais fácil protestar, reclamar, apontar o que parece feio ou ruim. Mas não precisa acreditar em mim. Basta observar um pouquinho.

Uma segunda-feira
O início de mais uma semana entediante com tarefas estressantes
Ou apenas o primeiro dia de uma semana inteira de oportunidades.

Um grupo de crianças brincando no escorrega da praça
Quantas roupas a ser lavadas no fim da brincadeira!
Ou descobertas a ser levadas pelo resto da vida.

Um dia chuvoso
Jura mesmo que vou ter de carregar aquele odioso guarda-chuva?
Ou devo sentir o delicioso cheiro de terra molhada e ler um livro na varanda?

Um sapato novo
Calos doloridos no fim do dia, depois de longas caminhadas!
Ou o presente para compor o visual da tão esperada formatura da faculdade.

O canto de um pássaro
Para que me acordar tão cedo?
Ou a demonstração mais bela da natureza.

Uma mulher que para de repente na rua para atender o celular
Essas pessoas não têm a menor educação, se acham as donas da rua
Ou obrigada por avisar! Estou indo à maternidade para conhecer meu sobrinho.

A longa fila de embarque no aeroporto
Isso está cada vez mais desorganizado. É uma total falta de respeito!
Ou enfim vou poder visitar minha família, que não vejo há anos!

Qual é o seu prisma?
Ele te faz feliz?
Ele te faz acordar todos os dias com um sorriso no rosto?
Quanto de poesia você tem depositado nisso tudo?

O evento só acabou por volta das sete da noite. Praticamente quatro horas seguidas autografando! E a surpresa: uma repórter da revista *Universo Teen* apareceu para entrevistar a Aninha! Essa revista é simplesmente a mais famosa entre as garotas.

A repórter já estava indo embora, quando olhou para a Mari e arregalou os olhos:

– Você é a Mari Furtado? Do comercial do carro e que agora está naquele canal do YouTube?

– Sim, sou eu – a Mari, toda extrovertida e falante, só faltou se esconder atrás de alguma estante, tamanha a vergonha que sentiu ao ser reconhecida.

– Você é amiga da Ana Paula Fontes? – a repórter continuou.

– Sim. Somos as melhores amigas dela! – ela apontou para todas nós.

– Ahhhh! Bem que eu tinha reconhecido o fotógrafo! – ela voltou os olhos para o Igor. – Ele também aparece no vídeo.

– O Igor namora a Ana Paula – a Ingrid não parava de piscar. Ela também adora a *Universo Teen*.

— A gente se divertiu lá na redação – a repórter se virou novamente para a Mari. – Conheci o canal por meio do fã-clube do Eduardo Souto Maior. A gente sempre acompanha – ela parou de falar e me olhou. – E você é a Susana, namorada do Eduardo! Nossa, que coincidência encontrar todo mundo aqui.

— Sou eu, sim – sorri para ela. – O vídeo é mesmo muito engraçado. E eles já têm outros gravados, estou ansiosa para assistir – em um impulso, tentei desviar o foco de mim. Eu ainda não estava totalmente recuperada das fofocas da imprensa por causa do IPM.

— Meu namorado é o editor e roteirista do canal – a Mari falou, toda orgulhosa.

— E cadê esse gênio? – a repórter estava empolgada.

— Logo ali – a Mari apontou. – Está com o Matheus, o outro ator do grupo, e com o Caíque, responsável pelo marketing do canal.

— Posso entrevistar vocês para a *Universo Teen*? Não posso garantir que a matéria saia na revista impressa, mas na minha coluna online com certeza!

— C-claro!

— Desculpa, eu nem me apresentei. Sou a Samantha Madison, repórter.

Eles aproveitaram o sofá no canto para fazer a entrevista e tirar algumas fotos. Seria uma divulgação e tanto para o canal!

A comemoração do lançamento foi na casa do Hugo, primo da Aninha. A festa de aniversário dela tinha sido lá, então já conhecíamos a casa e ficamos bem à vontade. Os pais e os tios dela compraram salgadinhos e o primo colocou muita música legal para tocar. Ficamos até quase uma da manhã dançando e rindo muito.

— Parabéns, Aninha! – gritamos em coro.

— A mais nova autora best-seller do Brasil! – foi a vez da Mari.

— Menos, Mari! Beeem menos! – a Aninha caiu na risada.

— Se não for, ainda vai ser, ué! – a Ingrid discordou. – Esse é apenas o primeiro passo na sua carreira de escritora. Hoje nasce uma estrela!

— Nossa, eu ainda nem consigo acreditar! – a Aninha levou as mãos ao rosto.

– Mas pode começar a acreditar... – o César Castro, que também tinha ido para a comemoração, se aproximou falando ao celular e desligou logo em seguida. – Acabei de falar com o editor e ele parece bastante empolgado com o resultado do lançamento, Ana Paula.

– Jura?! – a Aninha gritou. – Acho que vou ter um treco!

– Não é uma boa hora para ter um treco – o César riu. – Acho bom você comemorar, mas... – ele fez cara de suspense. – Trate logo de começar a escrever o segundo livro. Vou repetir as palavras dele: "Foi um sucesso! Quero que a Ana Paula lance, pelo menos, um livro por ano".

– Ele f-falou isso?! – a Aninha estava em choque.

– F-falou sim! – o César a imitou, provocando risadas em todo mundo. – Confie no seu talento. Estude, leia outros autores e se inspire. E, claro, escreva.

Ele se despediu e ficamos todas pulando de alegria.

Sonhar é bom. Mas realizar os sonhos... ahhhh, é melhor ainda!

19
Pro dia nascer feliz

Último sábado de novembro, dia da apresentação da peça de conclusão do curso de teatro da Mari e do Igor. Fui dormir tarde vendo seriados e simplesmente esqueci de colocar o celular para despertar. A peça era à tarde, às duas horas. Acordei quase na hora do almoço e precisei pegar um táxi, pois eu não ia conseguir chegar a tempo de ônibus. Uma mensagem chegou quando eu estava no meio do trânsito.

> Cadê você, sua varapau?

> Já tô chegando, rsrs

Se eu falasse que estava presa no engarrafamento, ela só ia ficar mais nervosa. Para ajudar a passar o tempo, comecei a rever as últimas fotos no meu celular.

A primeira que apareceu era justamente da Mari, com cara de doida, querendo devorar o livro de física. Comecei a rir e o taxista me olhou pelo retrovisor. Disfarcei e fingi que não vi. As semanas após o lançamento da Aninha foram as mais intensas do CEM! Muitas aulas e trabalhos para as provas finais. É aquela velha história, todo mundo deixa para a última hora e cada ponto vale ouro para não ficar em recuperação.

Em seguida, uma foto do Edu com cara de sono indo para o Recife. Não adianta, ele é lindo até com olheiras! E esse seria o último fim de semana da turnê do meu namorado. Mesmo muito orgulhosa do sucesso dos shows, eu estava agradecendo aos céus pela volta dele.

Fotinho descontraída com as meninas do time. Os campeonatos oficiais tinham terminado, mas seguimos com os treinos técnicos e a preparação física. Teríamos um amistoso em dezembro para arrecadar doações de Natal. Cada time podia indicar duas instituições para receber as doações, e a ONG Reaprendendo a Viver foi uma das escolhidas pela CSJ Teen. A Ingrid ficou muito feliz! A doação, parte da arrecadação dos ingressos, tinha destino certo: reformar a ala infantil que atendia crianças com problemas neurológicos.

Desci do táxi quando faltavam cinco minutos para a peça começar. Corri lá para dentro e encontrei o pessoal nos lugares.

O nome da peça era *Pro dia nascer feliz*, inspirado na música do Cazuza. Quando o Igor entrou em cena, de jaqueta de couro e óculos escuros, as meninas da plateia ficaram agitadas. A Aninha arregalou aquele olhão azul dela. Caímos na risada.

O personagem dele se chamava Joel. A história se passava em uma escola muito rígida, que não aceitava alunos de classes sociais mais baixas. O Joel era um "rebelde com causa" e brigava com o diretor para acabar com a discriminação. A Manuela, personagem da Mari, era muito tímida e caía de amores por ele. E era justamente filha do diretor. Uma releitura do famoso amor proibido de Romeu e Julieta.

Tudo era muito divertido! Um dos professores do curso fez o papel do diretor. Ele era muito bravo, mas, do jeito como interpretava, arrancava risadas de todo mundo. Todos os alunos foram muito bem. Não sei se sou puxa-saco dos meus amigos, mas o Igor e a Mari foram os melhores. Mereceram mesmo os papéis principais.

O fim foi meio previsível, o diretor passou a oferecer bolsas de estudos a alunos mais carentes. E o beijo, tão falado e temido pela Mari, foi totalmente encenação. Como sempre, a Mari fez um drama desnecessário. O Joel toma a Manuela nos braços e rouba um beijo, o que a faz desmaiar. A cena do desmaio foi a mais hilária.

A surpresa: eles cantaram a música do Cazuza no fim da peça! Primeiro o Igor cantou sozinho com a Mari, mas depois todo o elenco se juntou a eles. Eu olhava para a Aninha e a Ingrid sem acreditar.

– Até que eles cantam bem, viu? – a Ingrid cochichou. – O Edu que se cuide.

– Tá vendo só, Susana! – a Aninha fez cara de metida. – Não é só você que tem namorado cantor.

Quando a peça terminou e eles tiraram os figurinos, antes mesmo que a gente pudesse falar com eles, vários fãs do Adolescendo Sitcom estavam a postos para fotos.

– Susana, eu sempre te entendi – a Aninha olhava tudo com diversão nos olhos. – Mas agora começo a *compreender*. Sentir na pele é outra coisa.

– Hahahaha! É, Aninha, namorar famoso não é fácil.

– Quando eu digo que a mais normal do grupo sou eu... – a Ingrid brincou. – O CEM é uma verdadeira fábrica de famosos. Vejam ali naquele cantinho. Até o César Castro está autografando livros. Com certeza são pais de alunos que souberam que ele estaria aqui.

– Ah, o César veio! Que legal – fiquei surpresa. – Verdade, Ingrid. Tem alguma coisa naquele colégio que faz com que as pessoas tenham tendências artísticas.

— Não sei o que uma futura pedagoga pode fazer para ficar famosa — a Ingrid continuava rindo da situação.

— Existe uma coisa importante aí que vocês não estão percebendo — a Aninha fez aquela cara de inteligente.

— Qual, loira best-seller? — alfinetei.

— Existe uma grande diferença entre ter sucesso e ser famoso — ela continuou, depois de fazer uma careta para mim. — Uma pessoa de sucesso é alguém que faz o que gosta e se realiza profissionalmente. Às vezes essa pessoa de sucesso pode ficar famosa, mas não é uma regra. A fama pode ser meio cruel. Pode surgir de algum fato negativo, ou durar os tais quinze minutos, e depois a pessoa simplesmente cai no esquecimento.

— Hum, acho que estou te entendendo, Aninha... — a Ingrid ficou pensativa. — Então ter sucesso é mais importante do que ter fama?

— Isso vai depender do que a pessoa quer — falei. — Tem gente que deseja ficar famoso e curte isso. Ser parado na rua, dar autógrafos, ter fãs, sair em coluna de fofocas... Mas, na minha humilde opinião, acho que a fama deve ser consequência, não o grande objetivo.

— Eu gostaria de ser uma escritora de sucesso — a Aninha falou enquanto olhava o César Castro autografando. — Ou seja, continuar escrevendo meus livros, viver disso e ser feliz realizando meu trabalho. Se a fama vier, não vou me opor — ela riu. — Mas não vou ficar complexada se ninguém me reconhecer na rua.

— Entendi — a Ingrid suspirou. — Então vou mudar o que eu disse: O CEM é uma fábrica de sucessos! Escritores, cantores, atores... e pedagogos, por que não?

— É isso aí, Ingrid! — Demos um abraço coletivo. — Rumo ao sucesso!

— Acho que já está na hora de resgatar meu namorado bem-sucedido e famoso daquele grupinho ali — a Aninha apontou para um grupo de meninas empolgadas e fez uma cara tão engraçada que a gente riu.

E, claro, fomos comemorar depois.

— Gente, aproveitando que estamos todos reunidos, quero declarar que este ano não vou aceitar desculpas! — a Mari ficou de pé, em uma pose de discurso de campanha política. – Aliás, a Ingrid e eu sempre ficamos sem comemorar nosso aniversário porque caem em meio às festas de fim de ano. Eu proponho uma festa dupla.

– Estou super de acordo! – a Ingrid falou. O aniversário da Mari é no dia 21, e o da Ingrid no dia 26 de dezembro. – Além disso, só porque fazemos aniversário em dezembro, acabamos ganhando um presente só. Fora que todo mundo viaja e somos literalmente abandonadas.

– A maior mão de vaquice! – a Mari bufou. – "Esse presente é pelo aniversário e pelo Natal" – ela imitou, e a risada foi geral.

– A gente pode fazer no sábado antes do Natal. Nossas aulas acabam um dia antes – a Aninha sugeriu. – Também não acho justo vocês ficarem sem festa todo ano.

– Concordo! – foi a minha vez.

– Então está fechado – a Ingrid bateu palminhas e a Mari vibrou. – Posso ver se o salão de festas do meu condomínio vai estar livre.

– E não vamos aceitar menos do que dois presentes para cada. E tenho dito! – A Mari por fim se sentou, tomou um gole do refrigerante e caiu na risada da própria encenação.

* * *

Primeiro sábado de dezembro. Enfim, a cerimônia de casamento da dona Lúcia, avó da Aninha.

O tipo de casamento escolhido foi o miniwedding. Como ainda não tenho amigas se casando, não estava muito por dentro desse tipo de cerimônia. A Aninha explicou que é um tipo escolhido por casais que não querem convidar muita gente, para fazer uma festa mais íntima e em lugares alternativos. Eles escolheram uma casa de chás que abriu há pouco tempo em Copacabana, de frente para o mar, com um visual incrível! A cerimônia estava marcada para as cinco horas da tarde e seria no estilo do famoso chá das cinco inglês.

Estava calor, pelo visto o verão vinha com tudo. Ainda bem que compramos vestidos de alcinhas. A minha avó, que seria madrinha, estava deslumbrante com um vestido longo verde-escuro. Aproveitei para fazer uma brincadeira com ela.

– E você, vovó? Não conheceu ninguém? Quando vai ser o seu casamento?

– O que é isso, Susana? Querendo me casar? – ela fez cara de espanto e pousou a mão sobre o peito, fazendo todo mundo rir. – Não estou pensando nessas coisas, só quero mesmo dançar muito nos bailes.

– Tenho a maior curiosidade de aprender dança de salão – a Ingrid fez uma carinha sonhadora e serelepe ao mesmo tempo.

– A dança de salão não é privilégio dos mais velhos. Muitos jovens fazem. Por que você e o Caíque não aproveitam para aprender juntos? – a vovó sugeriu.

– Eu, dançando? – foi a vez de o Caíque se espantar. – Eu tenho dois pés esquerdos, como dizem por aí.

– Para isso servem as aulas! – a minha avó riu. – Pensem bem, meninas! Levem os namorados que a diversão é garantida. – Ela lançou beijinhos no ar antes de se dirigir a outras mesas.

– Gostei da ideia, hein? – a Aninha olhou para o Igor. – Mais um ponto para o seu currículo de ator. E aí, o que me diz?

– Ah, vocês, mulheres – o Igor suspirou. – Só se o Eduardo fizer também! – ele aproveitou que o Edu tinha acabado de chegar e todo mundo fez festa. Eu mais ainda!

– Não sei o que é, mas eu topo. – O Edu deu um abraço em cada um. – Como é bom estar de férias! Senti falta de estar aqui com vocês.

– Sentimos sua falta também, Edu! – a Ingrid fez uma cara fofa. – Vamos explorar seus dias no Rio, antes de retomar a turnê. A Susana vai ter que nos aturar.

– Hahahaha. Com o maior prazer – abracei meu popstar.

– E o nosso campeonato de videogame? – o Lucas lembrou. – Na sua ausência, convocamos o Matheus, mas seu lugar está garantido.

– Opa! – o Edu aplaudiu. – Podem me chamar pra tudo. E nem pensem que estou destreinado porque posso surpreender vocês.

Fomos interrompidos por uma voz conhecida.

– Que saudades das minhas amigas cariocas! – a Verônica, tia da Aninha, que estava lindíssima por sinal, veio nos cumprimentar.

– Que coisa boa ver você de novo, Verônica! – a Mari a abraçou pela cintura. – Eu estava com saudades desse seu sotaque de Blumenau misturado com Porto Alegre.

– Eu também estava com saudades do sotaque carioca de *vocêix* – ela nos imitou. – Eu não podia deixar de vir ao casamento da minha mãe, né? Vocês não imaginam como estou feliz pela dona Lúcia. E a lua de mel no cruzeiro? Provando pra garotada que a terceira idade não está dormindo nem jogando dominó na praça. Todos têm o direito de se apaixonar, casar e ter uma lua de mel de dar inveja.

Um juiz de paz celebrou o casamento. A dona Lúcia estava com um lindo vestido longo creme e uma tiara bem delicada nos cabelos. O noivo estava com a farda oficial da Marinha. Foi uma cerimônia simples e muito bonita. A avó da Aninha estava radiante! Eu sempre ficava com o coração apertado quando visitava a Aninha. A avó dela vivia triste pelos cantos, lamentando de dores. Mas agora tinha até remoçado. Que bom que não há limite de idade para a felicidade e para o amor!

Depois que o bolo foi servido, os noivos se despediram e partiram em um carro com as tradicionais latinhas amarradas atrás, chamando atenção por onde passavam. Mas a festa continuou, e nós dançamos até que, esgotados, precisamos tirar os sapatos. Atravessamos a rua e fomos aliviar a dor nos pés no mar de Copacabana. A lua estava cheia e refletia lindamente na água.

Os garotos brincavam de dar chutinhos na água, fingindo querer molhar o nosso vestido. Até que o Edu me puxou, nos afastando um pouco da confusão, e me beijou.

– Eu já disse hoje que te amo? – ele perguntou, me apertando forte. O abraço do qual morri de saudade tantas vezes...

– Huumm.... Sabe que eu não me lembro? – olhei para o céu, fingindo que aquela pergunta não tinha me tirado o fôlego. – Mas, se quiser falar de novo, não vou me importar.

– Eu te amo, minha atleta favorita.

– Eu te amo, meu popstar favorito.

20
E no fim tudo é amor

Último dia de aula no Centro Educacional Machado. Foi um ano intenso. Tantas coisas aconteceram... Parece até que vivi dois anos em um só. E agora, férias! As tão sonhadas férias! Os treinos da CSJ Teen parariam até o dia 5 de janeiro. E até lá eu ia curtir bastante meu namorado, antes da volta dele para a turnê. O Edu passou em todas as provas! Quando o ano letivo começar, uma nova avaliação será feita para ver se ele vai frequentar o colégio ou se vão manter o programa de aulas particulares, agora focadas no ensino médio.

Aproveitamos que o último dia seria tranquilo para fazer o chá de fraldas da professora Aline. Enfeitamos nossa sala com fitas e balões azuis. Ela tinha feito uma ultrassonografia e já sabia que esperava um menino, o João Paulo!

– Espera um pouco! – a Mari levantou as mãos, como se tivesse feito a descoberta do ano. – João vem de John Lennon, e Paulo de Paul McCartney?

– Ohhhh! Como ela é inteligente! – zoei a Mari, que me deu um peteleco no braço.

– Isso mesmo, Mari! – a Aline se divertia com as nossas palhaçadas. A gente tinha feito um grande laçarote azul no cabelo dela e pendurado um cordão com uma chupeta em seu pescoço. – Homenagem mais do que justa, não?

– Esse menino vai ser embalado com músicas dos Beatles todas as noites – a Ingrid riu. – Já posso imaginar a decoração do quarto...

– E logo vai ganhar um violão de brinquedo – foi a vez da Aninha. – Vai ser bem divertido.

– E por falar em diversão... – a Aline de uma olhada na montanha de pacotes de fraldas em cima da mesa dela. – Eu não tinha parado para pensar na *diversão* que vai ser usar todas essas fraldas no João Paulo. Bateu uma preguiça danada agora...

– Fralda de xixi tudo bem. Mas de cocô, xiiiiiiii! – a Mari fez careta.

– Muito bem, dona Maria Rita! Vamos encorajar a professora. Só que não, né? – a Aninha fingiu dar bronca.

– Vocês podem me ajudar a levar isso tudo até o meu carro? – ela pegou a bolsa e guardou todos os livros... pela última vez naquele ano.

– Claro! – fui a primeira a me colocar à disposição. – Não quer que uma de nós vá ajudar a descarregar na sua casa?

– Não vai ser preciso, Susana. Meu marido vai me ajudar.

Um mutirão formado por pelo menos dez pessoas, cada uma com vários pacotes empilhados, deixou a sala. A cena devia ser engraçada para quem estava vendo de fora. Pacotes coloridos de diversos tamanhos se equilibravam nos braços de todo mundo, e seguimos em fila indiana até o estacionamento. Eram tantos pacotes que nem coube tudo no porta-malas.

– Vou sentir muitas saudades de vocês – ela deu um abraço em cada um de nós. – Vou postar as novidades na rede social, fotos da barriga, dos enfeites do quartinho do João Paulo...

Voltamos para a sala de aula para apanhar as mochilas. Olhamos para a classe vazia, com sentimento de nostalgia.

– E o primeiro ano do ensino médio chegou ao fim. A cada dia que passa, estamos mais perto do vestibular, do ENEM... – a Aninha suspirou. – Espero que todas nós façamos as escolhas certas.

– E se a gente não fizer, tentamos de novo! – a Ingrid a abraçou pela cintura.

– Foi difícil me despedir do jornal. Adorei a experiência, mas preciso me dedicar mais aos estudos e aos livros novos. Agora vou escrever um romance! – a Aninha falou, animada. – Escrever matérias para o jornal foi muito bom, mas criar histórias é muito melhor.

– Foi demais passar mais um ano inteirinho com vocês! – eu não estava mais contendo as lágrimas. – Crescemos muito este ano e vamos crescer ainda mais.

– Quer ficar ainda mais alta, sua varapau? – a Mari implicou. – Chega, garota!

– Você é tão boba, Mari! – fingi dar um cascudo nela. – Mas te adoro mesmo assim, sua doida.

– Eu sei! – ela fez cara de metida e lançou um beijinho no ar. – O que seria da vida de vocês sem a minha nada discreta presença? Uma completa monotonia.

— E por falar em monotonia, isso vai passar bem longe da nossa festa amanhã! – a Ingrid abriu um sorriso enorme. – Nossa festa de aniversário vai ser o máximo, Mari!

— Nada menos que o máximo! – a Mari deu pulinhos. – Vamos aproveitar para adiantar a arrumação do salão de festas? Ainda bem que o síndico do seu prédio liberou antes. Dona Aninha e dona Susana, as senhoras estão devidamente convocadas!

— Só se for agora! – falei.

— A gente se inspirou totalmente na despedida da professora Aline para a decoração da nossa festa – a Mari fez cara de suspense.

— Humm. Acho que já entendi... – a Aninha torceu as mãos, ansiosa. – Partiu arrumação?

— Partiu! – falamos em coro.

No dia seguinte, com as luzes coloridas, o salão estava ainda mais bonito. Elas resolveram enfeitar tudo com fotos dos Beatles. Além disso, colaram na parede um adesivo com a silhueta da famosa foto do disco *Abbey Road*, em que os Beatles estão atravessando a rua.

O pai da Mari contratou uma empresa que faz fotos divertidas e eles levaram diversos acessórios da década de 60. Vários modelos de óculos escuros, enfeites de cabelo e chapéus. Uma foto mais maluca e divertida que a outra.

Já o padrasto da Ingrid ficou encarregado de contratar o DJ. A música era contagiante e só parávamos de dançar para tomar refrigerante.

— Sabe o que eu lembrei? – a Aninha estalou os dedos. – Quando a gente fez o livro das MAIS, no fim do nono ano. Foi inspirado na biografia dos Beatles que a professora Aline nos mostrou.

— Verdade! – eu ri. – Às vezes pego para reler.

— Ao mesmo tempo em que somos as mesmas, crescemos também... – a Aninha ficou com o olhar perdido, como se buscasse lembranças na memória. – Tantas coisas aconteceram de lá pra cá. Vejam só nossos gatinhos.

Olhamos para o Lucas, o Edu, o Caíque e o Igor conversando com o DJ.

— E pensar que a Mari e eu até fizemos simpatias de Dia dos Namorados... – a Ingrid olhava com carinho na direção dos meninos. – E hoje estamos aqui, juntas, comemorando nosso aniversário, apaixonadas e felizes.

— Quem foi mesmo que disse que quem tem sorte no jogo tem azar no amor? – debochei, e as meninas riram. – Consegui realizar meu grande sonho de entrar para um time, ganhei a medalha de bronze no campeonato carioca e ainda tenho o namorado mais fofo do mundo.

— Desculpa, Susana, mas... – a Ingrid fez uma cara engraçada. – O namorado mais fofo do mundo é o meu.

— Hahahaha! Era só o que me faltava, disputa de fofurices – a Mari revirou os olhos.

— Todas temos os namorados mais fofos, lindos e perfeitos do mundo. Ponto-final – a Aninha puxou todas nós para um abraço coletivo.

— Mas o que a Susana falou realmente faz sentido – a Mari retomou o assunto. – Se a vida é um jogo, como falam por aí, jogamos muito bem. Consegui meu registro de atriz profissional e estou amando gravar os vídeos do Adolescendo Sitcom. A Aninha já é uma escritora publicada. A Ingrid é a voluntária mais dedicada e amada de todas e, muito em breve, uma pedagoga de sucesso. E a Susana, se Deus quiser, vai participar das Olimpíadas. Temos, sim, sorte no jogo e sorte no amor. Quem falou o contrário era um tremendo de um pessimista e mal-amado.

— Ai, meu Deus, eu vou chorar... – a Ingrid fez biquinho.

— Nada de choro. Eu tive uma ideia! – a Aninha deu pulinhos. – Vamos imitar aquela pose do *Abbey Road* perto do adesivo e pedir para um dos meninos tirar a foto pra gente?

— Amei! – a Mari concordou. – A foto vai ficar linda!

A Mari entregou o celular para o Lucas e pediu para ele tirar a foto. Saímos correndo e cada uma tomou sua posição. A foto ficou tão linda que compartilhamos nos nossos perfis no mesmo instante.

Enquanto eu mexia no celular, o Léo se aproximou:

— Tenho uma novidade pra você – ele estava com um sorriso enorme. – Estou me dando muito bem no estágio. Meu chefe vai me colocar de suporte na equipe que atende a CSJ Teen. Vou poder trabalhar com esporte!

– Jura? Nossa, que coisa boa! Trabalho é o que não vai faltar. Parabéns! Vou adorar receber seus tratamentos.

– Obrigado – ele abriu aquele sorriso lindo. – Não quero que você se machuque. Mas vou adorar te ajudar quando aparecer na clínica.

– E vocês? – olhei na direção da Marina. – Acho que se acertaram de vez, não é?

– Estamos muito bem. A cada dia que passa, gosto mais dela. Bom, ela está me esperando com um prato de salgadinhos. Não posso dispensar.

– Não mesmo! – ri. – Vai lá.

O Léo é simplesmente sensacional. A Marina tem muita sorte. Que bom que eles finalmente se entenderam. Meu coração ficou em paz.

Várias palmas chamaram minha atenção e me virei para a cozinha do salão. A mãe da Ingrid e a da Mari empurravam uma mesa com rodinhas, levando um grande bolo de chocolate até o meio do salão. Dezesseis velinhas acesas sobre ele. Cantamos parabéns, e a Mari e a Ingrid sopraram juntas. E, diferentemente do que o Lucas e o Caíque esperavam, eles não ganharam as primeiras fatias do bolo. Cada uma abocanhou seu pedaço, provocando uma risada geral.

Enquanto o bolo era servido para os convidados, o DJ retomou seu posto e reconheci a música: "The End", dos Beatles. Parei um minuto para olhar os que estavam à minha volta. Mari, Aninha e Ingrid... Edu, Lucas, Igor e Caíque... Léo e Jéssica. Pessoas que eu amava muito. E eu também tinha a felicidade de saber que era amada de volta. E os versos falavam tudo o que a gente era, tudo o que a gente sentia:

And in the end
The love you take
Is equal to
*The love you make.**

---

* E no fim/ O amor que você recebe/ É igual/ Ao amor que você concede.

Conheça os outros livros da série As MAIS

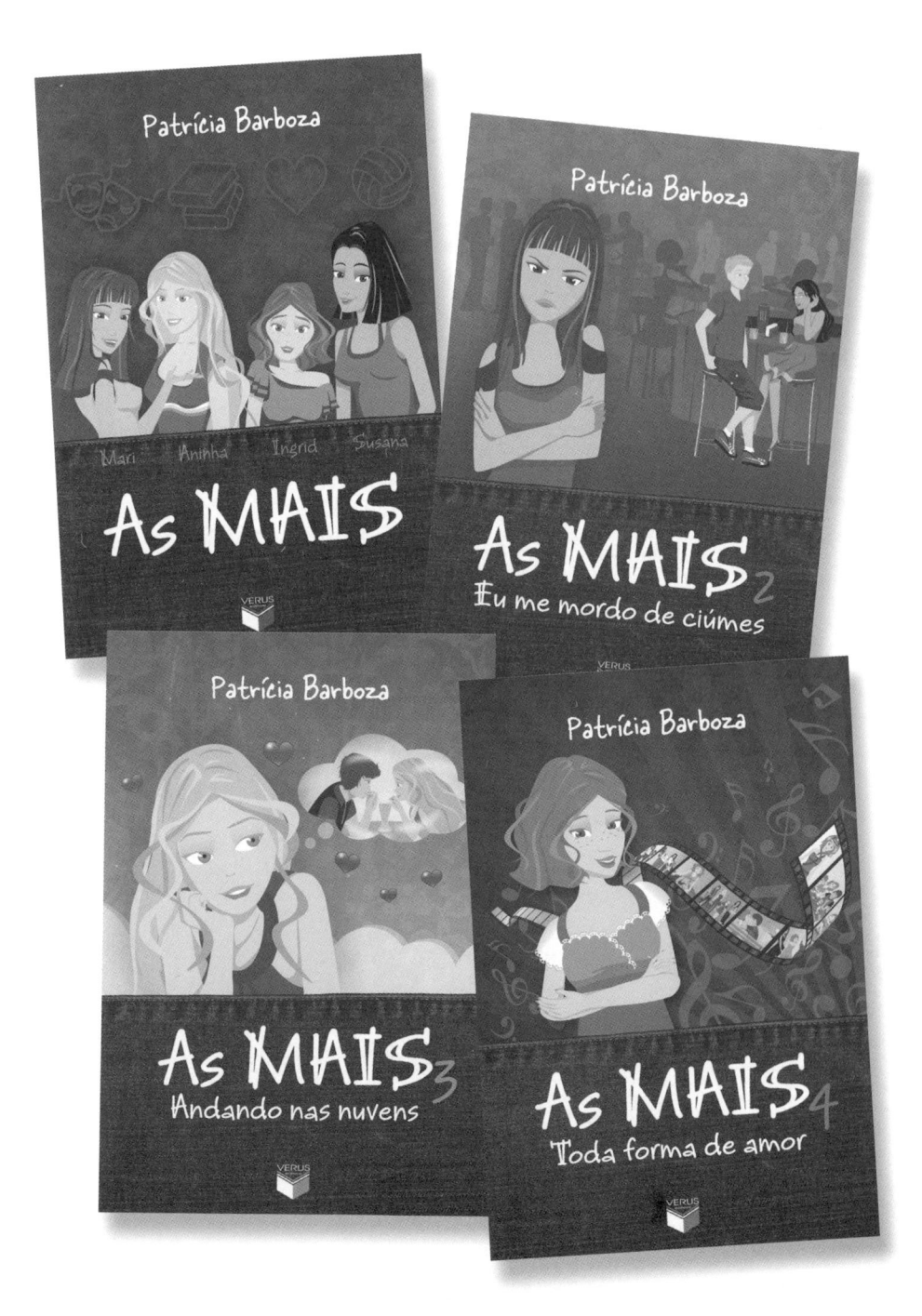

Patrícia Barboza
As MAIS

Patrícia Barboza
As MAIS 2
Eu me mordo de ciúmes

Patrícia Barboza
As MAIS 3
Andando nas nuvens

Patrícia Barboza
As MAIS 4
Toda forma de amor

Conheça o Blog das MAIS!

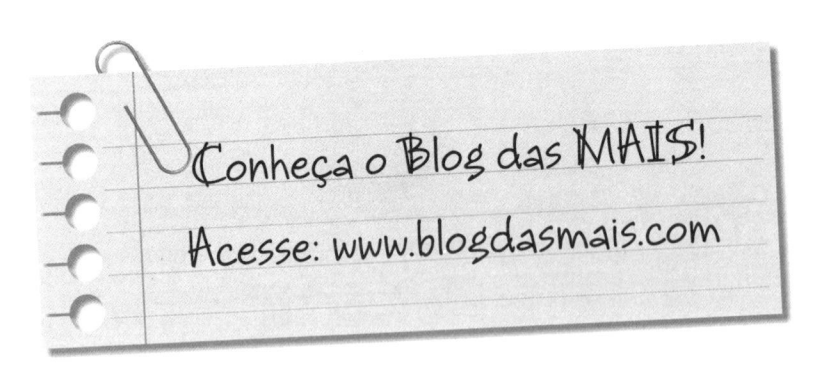

Acesse: www.blogdasmais.com